有料 / 有趣 / 有爱

静待时光，温暖相伴，安然成长

心田上的野百合

一路开花 / 编

线装书局

图书在版编目(CIP)数据

心田上的野百合 / 一路开花编. — 北京 : 线装书局, 2021.3

ISBN 978-7-5120-4341-1

Ⅰ. ①心… Ⅱ. ①一… Ⅲ. ①散文集—中国—当代 Ⅳ. ①I267

中国版本图书馆 CIP 数据核字(2020)第 248581 号

心田上的野百合

编　　者：一路开花
责任编辑：李春艳
出版发行：线装书局
地　址：北京市丰台区方庄日月天地大厦 B 座 17 层(100078)
电　话：010-58077126(发行部)　010-58076938(总编室)
网　址：www.zgxzsj.com
经　　销：新华书店
印　　刷：唐山富达印务有限公司
开　　本：650mm×910mm　1/16
印　　张：13
字　　数：155 千字
版　　次：2021 年 3 月第 1 版第 1 次印刷
印　　数：00001—10000 册

线装书局官方微信

定　　价：49.80 元

在阅读中优雅老去

二十岁时，第一次去凤凰，不为古镇美景，只为能与偶居夺翠楼的黄永玉先生见上一面。

时逢雨季，沱江奔啸，烟波微茫信难求。苦待数日，仍没能等到想见之人。

在清冷的雨丝中独自徘徊，满心失落。无意走进一家书店，里面尽是沈从文先生的文本作品。无处可去，只好在僻幽的角落里翻阅旧籍。而后，一发不可收。

回程当日，总觉有重要东西遗落城中，寻思许久，才跑去那条巷子的书店里买了本周身泛黄的《边城》。这本有着深蓝小印戳的《边城》，至今仍安躺于我的书柜里——它不仅使我在未果的行程中找到些许补偿，更让我在之后的时光无比怀念二十岁的自己。

再后来，兴许命里所定，真与书结下了不解之缘。不但自己看书写书，更领着诸多热爱文学的人走上了自己想走的路。

我经常跟学生们说，阅读是写作的命脉，只有不断阅读，才能保持创作角度的新颖和思维的敏捷。然而，阅读所赐予的，又何止是这些？

不管在何时何地，只要手中捧着一本书，心里便会觉得安然。书不但能排遣无聊的寂寞，将岁月的伤痛逐一缝补，还能把心灵淬炼成一块玲珑美玉。

一个爱书之人，必是睿智且沉稳的。遇事不惊，处之泰然。古人所说的“腹有诗书气自华”，便是这意思。

生命本就是一次有限的跋涉。一个经常看书和一个经常沉迷在网游世界的人，心灵绝对是不一样的。前者，往往更能体悟一叶一菩提的真谛。

书本所给予心灵的力量，是不可言喻的。十年寒窗，说的并不是读书人的艰辛，而是意在表述读书人的坚忍和不懈。试问，有多少人可以在寒窗下十年如一日地重复做同一件事情？

正如北大教授曹文轩所说一般，世间最优雅的姿态，就是阅读。不论静坐还是倾卧，甚至在厕所里，它都是最美的姿态。因为这样的人，通常都会从骨子里散发出一种极具亲和力的书卷气。

阅读人物，通晓历史，可以他人鉴知自己得失；阅读杂文，百味世事，可在辛言辣语中澡雪精神；阅读情感，温热肺腑，可居书香浓情里滋养心灵；阅读故事，体会人生，可于静谧岁月中倾情流泪……

每一种书，都是风景；每一本书，都是亟待窥破的秘密。

宋朝诗人黄山谷有一句名言："三日不读书，便觉语言无味，面目可憎。"这其中说的，就是每日读书的重要性。

本系列图书，所遵循的就是这个简单的理论。通过遴选当下不同类型的精华文章，给读者送去不同的心灵养分——成长卷让你懂得如何珍惜青春，成功卷让你明白如何把握自己的人生，真情卷让你寻回本真的感动，感悟卷让你看到世界别样的美好……

为了能找到年度最精华的文章，为了给读者省去寻找的烦琐，我们几乎把本年度的期刊翻了个遍，邀请了24位最受中学生喜爱的作家，目的就是去其糟粕，取其精华。

这些作家的名字，不仅经常出现在全国各大刊物，还经常出现在各省市的中高考语文阅读理解试题中——我们的宗旨只有一个，就是为这个时代的读者，奉献好书。

但愿我们可以放慢匆乱的步伐，一起在欢愉的阅读中，优雅老去。

一路开花

2018年12月书于云南曲靖

目 录

第一辑　妈妈是棵树

第二辑　心田上的野百合

第三辑　骑木桶的女巫

第四辑　永远的萨克斯

第五辑　一张报纸去旅行

第六辑　外星人来我家

第一辑 妈妈是棵树

第二天早上，人们看到，老柳树几乎被雷劈去大半，露着白生生的茬口，很凄惨地竖在地头，唯一一根树枝上，那只喜鹊还忠贞不渝地护着它。它就这样顽强地活着：每年春天，除了那一根树枝长出绿叶外，在残躯上，还直接冒出几朵绿芽。黄昏里，它在西天的反光中，其形犹如一头仰天长望的母狮。这生命是难以熄灭的，因为它在等待自己的秀秀……

稻草人

◎ 叶圣陶

田野里白天的风景和情形，有诗人把它写成美妙的诗，有画家把它画成生动的画。到了夜间，诗人喝了酒，有些醉了；画家呢，正在抱着精致的乐器低低地唱，都没有工夫到田野里来。那么，还有谁把田野里夜间的风景和情形告诉人们呢？有，还有，就是稻草人。

基督教里的人说，人是上帝亲手造的。且不问这句话对不对，咱们可以套一句说，稻草人是农人亲手造的。他的骨架子是竹园里的细竹枝，他的肌肉、皮肤是隔年的黄稻草。破竹篮子、残荷叶都可以做他的帽子；帽子下面的脸平板板的，分不清哪里是鼻子，哪里是眼睛。他的手没有手指，却拿着一把破扇子——其实也不能算拿，不过用线拴住扇柄，挂在手上罢了。他的骨架子长得很，脚底下还有一段，农人把这一段插在田地中间的泥土里，他就整天整夜站在那里了。

稻草人非常尽责任。要是拿牛跟他比，牛比他懒怠多了，有时躺在地上，抬起头看天。要是拿狗跟他比，狗比他顽皮多了，有时到处乱跑，累得主人四外去找寻。他从来不嫌烦，像牛那样躺着看天；也从来不贪玩，像狗那样到处乱跑。他安安静静地看着田地，手里的扇子轻轻摇动，赶走那些飞来的小雀，他们是来吃新结的稻穗的。他不吃饭，也不睡觉，就是坐下歇一歇也不肯，总是直挺挺地站在那里。

这是当然的，田野里夜间的风景和情形，只有稻草人知道得最清楚，也知道得最多。他知道露水怎么样洒在草叶上，露水的味道怎么样香甜；他知道星星怎么样眨眼，月亮怎么样笑；他知道夜间的田野怎么样沉静，花草树木怎么样酣睡；他知道小虫们怎么样你找我、我找你，蝴蝶们怎么样恋爱：总之，夜间的一切他都知道得清清楚楚。

以下就讲讲稻草人在夜间遇见的几件事情。

一个满天星斗的夜里，他看守着田地，手里的扇子轻轻摇动。新出的稻穗一个挨一个，星光射在上面，有些发亮，像顶着一层水珠；有一点儿风，就沙拉沙拉地响。稻草人看着，心里很高兴。他想，今年的收成一定可以使他的主人——一个可怜的老太太——笑一笑了。她以前哪里笑过呢？八九年前，她的丈夫死了。她想起来就哭，眼睛到现在还红着；而且成了毛病，动不动就流泪。她只有一个儿子，娘儿两个费苦力种这块田，足足有三年，才勉强把她丈夫的丧葬费还清。没想到儿子紧接着得了白喉，也死了。她当时昏过去了，后来就落了个心痛的毛病，常常犯。这回只剩她一个人了，老了，没有气力，还得用力耕种，又挨了三年，总算把儿子的丧葬费也还清了。可是接着两年闹水，稻子都淹了，不是烂了就是发了芽，她的眼泪流得更多了，眼睛受了伤，看东西模糊，稍微远一点儿就看不见。她的脸上满是皱纹，倒像个风干的橘子，哪里会露出笑容来呢！可是今年的稻子长得好，很壮实，雨水又不多，像是能丰收似的。所以稻草人替她高兴。想来到收割的那一天，她看见收的稻穗又大又饱满，这都是她自己的，总算没有白受累，脸上的皱纹一定会散开，露出安慰的满意的笑容吧。如果真有这一笑，在稻草人看来，那就比星星月亮的笑更可爱，更可珍贵，因为他爱他的主人。

稻草人正在想的时候，一个小蛾飞来，是灰褐色的小蛾。他立刻认出那小蛾是稻子的仇敌，也就是主人的仇敌。从他的职务想，从他对主人的感情想，都必须把那小蛾赶跑了才是。于是他手里的扇子摇动起来。可是扇子的风很有限，不能够叫小蛾害怕。那小蛾飞了一会儿，落在一片稻叶上，简直像不觉得稻草人在那里驱逐似的。稻草人见小蛾落下了，心里非常着急。可是他的身子跟树木一样，定在泥土里，想往前移动半步也做不到：扇子尽管扇动，那小蛾却依旧稳稳地歇着。他想到将来田里的情形，想到主人的眼泪和干瘪的脸，又想到主人的命运，心里就像刀割一样。但是那小蛾是歇定了，不管怎么赶，他就是不动。

星星结队归去，一切夜景都隐没的时候，那小蛾才飞走了。稻草人仔细看那片稻叶，果然，叶尖卷起来了，上面留着好些蛾下的子。这使稻草人感到无限惊恐，心想祸事真个来了，越怕越躲不过。可怜的主人，她有的不过是两只模糊的眼睛；要告诉她，使她及早看见这个，才有挽救呢。他这么想着，扇子摇得更勤了。扇子常常碰在身体上，发出啪啪的声音。他不会叫喊，这是唯一的警告主人的法子了。

老妇人到田里来了。她弯着腰，看看田里的水正合适，不必再从河里车水进来，又看看她手种的稻子，全很壮实；摸摸稻穗，沉甸甸的。再看看那稻草人，帽子依旧戴得很正；扇子依旧拿在手里，摇动着，发出啪啪的声音；并且依旧站得很好，直挺挺的，位置没有动，样子也跟以前一模一样。她看一切事情都很好，就走上田岸，预备回家去搓草绳。

稻草人看见主人就要走了，急得不得了，连忙摇动扇子，想靠着这急迫的声音把主人留住。这声音里仿佛说：“我的主人，你不要去呀！

你不要以为田里的一切事情都很好，天大的祸事已经在田里留下种子了。一旦发作起来，就要不可收拾，那时候，你就要流干了眼泪，揉碎了心；趁着现在赶早扑灭，还来得及。这，就在这一棵上，你看这棵稻子的叶尖呀！”他靠着扇子的声音反复地表示这个警告的意思；可是老妇人哪里懂得，她一步一步地走远了。他急得要命，还在使劲摇动扇子，直到主人的背影都望不见了，他才知道这警告是无效了。

除了稻草人以外，没有一个人为稻子发愁。他恨不得一下子跳过去，把那灾害的根苗扑灭了；又恨不得托风带个信，叫主人快快来铲除灾害。他的身体本来是瘦弱的，现在怀着愁闷，更显得憔悴了，连站直的劲儿也不再有，只是斜着肩，弯着腰，成了个病人的样子。

不到几天，在稻田里，蛾下的子变成的肉虫，到处都是了。夜深人静的时候，稻草人听见他们咬嚼稻叶的声音，也看见他们越吃越馋的嘴脸。渐渐地，一大片浓绿的稻全不见了，只剩下光秆儿。他痛心，不忍再看，想到主人今年的辛苦又只能换来眼泪和叹气，禁不住低头哭了。

这时候天气很凉了，又是在夜间的田野里，冷风吹得稻草人直打哆嗦；只因为他正在哭，没觉得。忽然传来一个女人的声音：“我当是谁呢，原来是你。”他吃了一惊，才觉得身上非常冷。但是有什么法子呢？他为了尽责任，而且行动不由自主，虽然冷，也只好站在那里。他看那个女人，原来是一个渔妇。田地的前面是一条河，那渔妇的船就停在河边，舱里露出一丝微弱的火光。她那时正在把撑起的鱼罾放到河底；鱼罾沉下去，她坐在岸上，等过一会儿把它拉起来。

舱里时常传出小孩子咳嗽的声音，又时常传出困乏的、细微的叫“妈”的声音。这使她很焦心，她用力拉罾，总像是不顺手，并且几乎回回是空的。舱里还是有声音，她就向舱里的病孩子说：“你好好儿睡吧！

等我得着鱼，明天给你煮粥吃。你总是叫我，叫得我心都乱了，怎么能得着鱼呢！”

孩子忍不住，还是喊：“妈呀，把我渴坏了！给我点儿茶喝！”接着又是一阵咳嗽。

“这里哪来的茶！你老实一会儿吧，我的祖宗！”

“我渴死了！”孩子竟大声哭起来。在空旷的夜间的田野里，这哭声显得格外凄惨。

渔妇无可奈何，把拉罾的绳子放下，上了船，进了舱，拿起一个碗，从河里舀了一碗水，转身给病孩子喝。孩子一口气把水喝下去，他实在渴极了。可是碗刚放下，就又咳嗽起来；并且像是更厉害了，后来就只剩下喘气。

渔妇不能多管孩子，又上岸去拉她的罾。好久好久，舱里没有声音了，她的罾也不知又空了几回，才得着一条鲫鱼，有七八寸长。这是头一次收获，她很小心地把鱼从罾里取出来，放在一个木桶里，接着又把罾放下去。这个盛鱼的木桶就在稻草人的脚旁边。

这时候稻草人更加伤心了。他可怜那个病孩子，渴到那样，想一口茶喝都不成；病到那样，还不能跟母亲一起睡觉。他又可怜那个渔妇，在这寒冷的深夜里打算明天的粥，所以不得不硬着心肠把病孩子扔下不管，他恨不得自己去做柴，给孩子煮茶喝；恨不得自己去做褥，给孩子一些温暖；又恨不得夺下小肉虫的脏物，给渔妇煮粥吃。如果他能走，他一定立刻照着他的心愿做；但是不幸，他的身体跟树木一样，长在泥土里，连半步也不能动。他没有法子，越想越伤心，哭得更痛心了。忽然啪的一声，他吓了一跳，停住哭，看出了什么事情，原来是鲫鱼被扔在木桶里。

这木桶里的水很少，鲫鱼躺在桶底上，只有靠下的一面能够沾一些潮润。鲫鱼很难过，想逃开，就用力向上跳。跳了好几回，都被高高的桶框挡住，依旧掉在桶底上，身体摔得很疼。鲫鱼的向上的一只眼睛看见稻草人，就哀求说："我的朋友，你暂且放下手里的扇子，救救我吧！我离开我的水里的家，就只有死了。好心的朋友，救救我吧！"

听见鲫鱼这样恳切的哀求，稻草人非常心酸；但是他只能用力摇动自己的头。他的意思是说："请你原谅我，我是个柔弱无能的人哪！我的心不但愿意救你，并且愿意救那个捕你的妇人和她的孩子，还有你、妇人、孩子以外的一切受苦受难的。可是我跟树木一样，定在泥土里，连半步也不能自由移动，我怎么能照我的心愿做呢！请你原谅我，我是个柔弱无能的人哪！"

鲫鱼不懂稻草人的意思，只看见他连连摇头，愤怒就像火一般地烧起来了。"这又是什么难事！你竟没有一点人心，只是摇头！原来我错了，自己的困难，为什么求别人呢！我应该自己干，想法子，不成，也不过一死罢了，这又算什么！"鲫鱼大声喊着，又用力向上跳，这回用了十二分力，连尾巴和胸鳍的尖端都挺起来。

稻草人见鲫鱼误解了他的意思，又没有办法向鲫鱼说明，心里很悲痛，就一面叹气一面哭。过了一会儿，他抬头看看，渔妇睡着了，一只手还拿着拉罾的绳；这是因为她太累了，虽然想着明天的粥，也终于支持不住了。桶里的鲫鱼呢？跳跃的声音听不见了，尾巴像是还在断断续续地拨动。稻草人想，这一夜是许多痛心的事都凑在一块儿了，真是个悲哀的夜！可是看那些吃稻叶的小强盗，他们高兴得很，吃饱了，正在光秆儿上跳舞呢。稻子的收成算完了，主人的衰老的力量又白费了，世界上还有比这更可怜的吗！

夜更暗了，连星星都显得无光。稻草人忽然觉得由侧面田岸上走来一个黑影，近了，仔细一看，原来是个女人，穿着肥大的短袄，头发很乱。她站住，望望停在河边的渔船；一转身，向着河岸走去；不多几步，又直挺挺地站在那里。稻草人觉得很奇怪，就留心看着她。

一种非常悲伤的声音从她的嘴里发出来，微弱，断断续续，只有听惯了夜间一切细小声音的稻草人才听得出。那声音是说："我不是一条牛，也不是一口猪，怎么能让你随便卖给人家！我要跑，不能等着你明天真卖给人家。你有一点儿钱，不是赌两场输了就是喝几天黄汤花了，管什么！你为什么一定要逼我？……只有死，除了死没路！死了，到地下找我的孩子去吧！"这些话又哪里成话呢，哭得抽抽搭搭的，声音都被搅乱了。

稻草人非常心惊，想这又是一件惨痛的事情让他遇见了。她要寻死呢！他着急，想救她，自己也不知道为什么。他又摇起扇子来，想叫醒那个睡得很沉的渔妇。但是办不到，那渔妇跟死的一样，一动也不动。他恨自己，不该像树木一样，定在泥土里，连半步也不能动。见死不救不是罪恶吗？自己就正在犯着这种罪恶。这真是比死还难受的痛苦哇！"天哪，快亮吧！农人们快起来吧！鸟儿快飞去报信吧！风快吹散她寻死的念头吧！"他这样默默地祈祷；可是四围还是黑洞洞的，声音也没有一点点。他心碎了，怕看又不能不看，就胆怯地死盯着站在河边的黑影。

那女人沉默着站了一会儿，身子往前探了几探。稻草人知道可怕的时候到了，手里的扇子拍得更响。可是她并没跳，又直挺挺地站在那里。

又过了好大一会儿，她忽然举起胳膊，身体像倒下一样，向河里面蹿去。稻草人看见这样，没等到听见她掉在水里的声音，就昏过去了。

第二天早晨，农人从河岸经过，发现河里有死尸，消息立刻传出去。左近的男男女女都跑来看。嘈杂的人声惊醒了酣睡的渔妇，她看那木桶里的鲫鱼，已经僵僵地死了。她提了木桶走回船舱；病孩子醒了，脸显得更瘦了，咳嗽也更加厉害。那老农妇也随着大家到河边来看；走过自己的稻田，顺便看了一眼。没想到，几天工夫，完了，稻叶稻穗都没有了，只留下直僵僵的光秆儿，她急得跺脚，捶胸，放声大哭。大家跑过来问，劝她，看见稻草人倒在田地中间。

寄小读者(节选)

◎ 冰 心

通讯一

似曾相识的小朋友们:

我以抱病又将远行之身,此三两月内,自分已和文字绝缘;因为昨天看见《晨报》副刊上已特辟了“儿童世界”一栏,欣喜之下,便借着软弱的手腕,生疏的笔墨,来和可爱的小朋友,作第一次的通讯。

在这开宗明义的第一性里,请你们容我在你们面前介绍我自己。我是你们天真队里的一个落伍者——然而有一件事,是我常常用以自傲的:就是我从前也曾是一个小孩子,现在还有时仍是一个小孩子。为着要保守这一点天真直到我转入另一世界时为止,我恳切地希望你们帮助我,提携我,我自己也要永远勉励着,做你们的一个最热情最忠实的朋友!

小朋友,我要走到很远的地方去。我十分的喜欢有这次的远行,因为或者可以从旅行中多得些材料,以后的通讯里,能告诉你们些略为新奇的事情。——我去的地方,是在地球的那一边。我有三个弟弟,最小的十三岁了。他念过地理，知道地球是圆的。他开玩笑地和我说："姊姊，你走了，我们想你的时候，可以拿一条很长的竹竿子，从我们的院子里，直穿到对面你们的院子去，穿成一个孔穴。我们从那孔穴里，可以彼此看见。我看看你别后是否胖了，或是瘦了。"小朋友想这是可能的事情吗？——我又有一个小朋友，今年四岁了。他有一天问我说："姑姑，你去的地方，是比前门还远吗？"小朋友看是地球的那一边远呢？还是前门远呢？

我走了——要离开父母兄弟，一切亲爱的人。虽然是时期很短，我也已觉得很难过。倘若你们在风晨雨夕，在父亲母亲的膝下怀前，姊妹弟兄的行间队里，快乐甜柔的时光之中，能联想到海外万里有一个热情忠实的朋友，独在恼人凄清的天气中，不能享得这般浓福，则你们一瞥时的天真的怜念，从宇宙之灵中，已遥远地付与我以极大无量的快乐与慰安！

小朋友，但凡我有工夫，一定不使这通讯有长期间的间断。若是间断的时候长了些，也请你们饶恕我。因为我若不是在童心来复的一刹那间拿起笔来，我绝不敢以成人繁杂之心，来写这通讯。这一层是要请你们体恤怜悯的。

这信该收束了，我心中莫可名状，我觉得非常的荣幸！

冰　心

一九二三年七月二十五日

通讯二

小朋友们：

我极不愿在第二次的通讯里，便劈头告诉你们一件伤心的事情。

然而这件事,从去年起,使我的灵魂受了隐痛,直到现在,不容我不在纯洁的小朋友面前忏悔。

去年的一个春夜——很清闲的一夜,已过了九点钟了,弟弟们都已去睡觉,只我的父亲和母亲对坐在圆桌旁边,看书,吃果点,谈话。我自己也拿着一本书,倚在椅背上站着看。那时一切都很和柔,很安静的。

一只小鼠,悄悄地从桌子底下出来,慢慢地吃着地上的饼屑。这鼠小得很,它无猜的,坦然的,一边吃着,一边抬头看看我——我惊悦地唤起来,母亲和父亲都向下注视了。四面眼光之中,它仍是怡然地不走,灯影下照见它很小很小,浅灰色的嫩毛,灵便的小身体,一双闪烁的明亮的小眼睛。

小朋友们,请容我忏悔!一刹那间我神经错乱的俯将下去,拿着手里的书,轻轻地将它盖上。——上帝!它竟然不走。隔着书页,我觉得它柔软的小身体,无抵抗的蜷伏在地上。

这完全出于我意料之外了!我按着它的手,方在微颤——母亲已连忙说:“何苦来!这么驯良有趣的一个小活物……”

话犹未了,小狗虎儿从帘外跳将进来。父亲也连忙说:“快放手,虎儿要得着它了!”我又神经错乱地拿起书来,可恨呵!它仍是怡然地不动。——一声喜悦的微吼,虎儿已扑着它,不容我唤住,已衔着它从帘隙里又钻了出去。出到门外,只听得它在虎儿口里微弱凄苦地啾啾地叫了几声,此后便没有了声息。——前后不到一分钟,这温柔的小活物,使我心上嗖地着了一箭!

我从惊惶中长吁了一口气。母亲慢慢也放下手里的书,抬头看着我说:“我看它实在小得很,无机得很。否则一定跑了。初次出来觅食,不见回来,它母亲在窝里,不定怎样地想望呢。”

小朋友，我堕落了，我实在堕落了！我若是和你们一般年纪的时候，听得这话，一定要慢慢地挪过去，突然地扑在母亲怀中痛哭。然而我那时……小朋友们恕我！我只装作不介意地笑了一笑。

安息的时候到了，我回到卧室里去。勉强的笑，增加了我的罪孽，我徘徊了半天，心里不知怎样才好——我没有换衣服，只倚在床沿，伏在枕上，在这种状态之下，静默了有十五分钟——我至终流下泪来。

至今已是一年多了，有时读书至夜深，再看见有鼠子出来，我总觉得忧愧，几乎要避开。我总想是那只小鼠的母亲，含着伤心之泪，夜夜出来找它，要带它回去。

不但这个，看见虎儿时想起，夜坐时也想起，这印象在我心中时时作痛。有一次禁受不住，便对一个成人的朋友，说了出来；我拼着受她一场责备，好减除我些痛苦。不想她却失笑着说："你真是越来越孩子气了，针尖大的事，也值得说说！"她漠然的笑容，竟将我以下的话，拦了回去。从那时起，我灰心绝望，我没有向第二个成人，再提起这针尖大的事！

我小时曾为一头折足的蟋蟀流泪，为一只受伤的黄雀呜咽；我小时明白一切生命，在造物者眼中是一般大小的；我小时未曾做过不仁爱的事情，但如今堕落了……

今天都在你们面前陈诉承认了，严正的小朋友，请你们裁判罢！

冰　心

一九二三年七月二十八日，北京。

通讯三

亲爱的小朋友：

昨天下午离开了家，我如同入梦一般。车转过街角的时候，我回头凝望着——除非是再看见这缘满豆叶的棚下的一切亲爱的人，我这梦是不能醒的了！

送我的尽是小孩子——从家里出来，同车的也是小孩子，车前车后也是小孩子。我深深觉得凄恻中的光荣。冰心何福，得这些小孩子天真纯洁的爱，消受这甚深而不牵累的离情。

火车还没有开行，小弟弟冰季别到临头，才知道难过，不住地牵着冰叔的衣袖，说："哥哥，我们回去罢。"他酸泪盈眸，远远地站着。我叫过他来，捧住了他的脸，我又无力地放下手来，他们便走了。——我们至终没有一句话。

慢慢地火车出了站，一边城墙，一边杨柳，从我眼前飞过。我心沉沉如死，倒觉得廓然，便拿起国语文学史来看。刚翻到"卿云烂兮"一段，忽然看见书页上的空白处写着几个大字："别忘了小小。"我的心忽然一酸，连忙抛了书，走到对面的椅子上坐下——这是冰季的笔迹呵！小弟弟，如何还困弄我于别离之后？

夜中只是睡不稳，几次坐起，开起窗来，只有模糊的半圆的月，照着深黑无际的田野。——车在风驰电掣的，轮声轧轧里，奔向着无限的前途。明月和我，一步一步地离家远了！

今早过济南，我五时便起来，对窗整发。外望远山连绵不断，都没在朝霭里，淡到欲无。只浅蓝色的山峰一线，横亘天空。山坳里人家的炊烟，镑镑的屯在谷中，如同云起。朝阳极光明的照临在无边的整齐青绿的田畦上。我梳洗毕凭窗站了半点钟，在这庄严伟大的环境中，我只能默然低头，赞美万能智慧的造物者。

过泰安府以后，朝露还零。各站台都在浓荫之中，最有古趣，最清幽。到此我才下车稍稍散步，远望泰山，悠然神往。默诵"高山仰止，景行行止，虽不能至，心向往之”四句，反复了好几遍。

自此以后，站台上时闻皮靴拖沓声，刀枪相触声，又见黄衣灰衣的兵丁，成队的来往梭巡。我忽然忆起临城劫车的事，知道快到抱犊冈了，我切愿一见那些持刀背剑来去如飞的人。我这时心中只憧憬着梁山泊好汉的生活，武松林冲鲁智深的生活。我不是羡慕什么分金阁，剥皮亭，我羡慕那种激越豪放、大刀阔斧的胸襟！

因此我走出去，问那站在两车挂接处荷枪带弹的兵丁。他说快到临城了，抱犊冈远在几十里外，车上是看不见的。他和我说话极温和，说的是纯正的山东话。我如同远客听到乡音一般，起了无名的喜悦。——山东是我灵魂上的故乡，我只喜欢中肯的山东人，听那生怯的山东话。

一站一站的近江南了，我旅行的快乐，已经开始。这次我特意定的自己一间房子，为了要自由一些，安静一些，好写些通讯。我靠在长枕上，近窗坐着。向阳那边的窗帘，都严严的掩上。对面一边，为要看风景，便开了一半。凉风徐来，这房里寂静幽阴已极。除了单调的轮声以外，与我家中的书室无异。窗内虽然没有满架的书，而窗外却旋转着伟大的自然。笔在手里，句在心里，只要我不按铃，便没有人进来搅我。龚定庵有句云：“……都道西湖清怨极，谁分这般浓福？……”今早这样恬静喜悦的心境，是我所梦想不到的。书此不但自慰，并以慰弟弟们和记念我的小朋友。

冰　心

一九二三年八月四日，津浦道中。

通讯四

小朋友：

好容易到了临城站，我走出车外。只看见一大队兵，打着红旗，上面写着“……第二营……”又放炮仗，又吹喇叭；此外站外只是远山田垄，更没有什么。我很失望，我竟不曾看见一个穿夜行衣服，带镖背剑，来去如飞的人。

自此以南，浮云蔽日。轨道旁时有小湫。也有小孩子，在水里洗澡游戏。更有小女儿，戴着大红花，坐在水边树底做活计，那低头穿线的情景，煞是温柔可爱。

过南宿州至蚌埠，轨道两旁，雨水成湖。湖上时有小舟来往。无际的微波，映着落日，那景物美到不可描画。——自此人民的口音，渐渐地改了，我也渐渐地觉得心怯，也不知道为什么。

过金陵正是夜间，上下车之顷，只见隔江灯火灿然。我只想象着城内的秦淮莫愁，而我所能看见的，只是长桥下微击船舷的黄波浪。

五日绝早过苏州。两夜失眠，烦困已极，而窗外风景，浸入我倦乏的心中，使我悠然如醉。江水伸入田垄，远远几架水车，一簇一簇的茅亭农舍，树围水绕，自成一村。水漾轻波，树枝低亚。当几个农妇挑着担儿，荷着锄儿，从那边走过之时，真不知是诗是画！

有时远见大江，江帆点点，在晓日之下，清极秀极。我素喜北方风物，至此也不得不倾倒于江南之雅澹温柔。

晨七时半到了上海，又有小孩子来接，一声“姑姑”，予我以无限的欢喜——到此已经四五天了，休息之后，俗事又忙个不了。今夜夜凉如水，灯下只有我自己。在此静夜极难得，许多姊妹兄弟，知道我来，多在夜间来找我乘凉闲话。

我三次拿起笔来，都因门环响中止，凭阑下视，又是哥哥姊妹来看望我的。我慰悦而又惆怅，因为三次延搁了我所乐意写的通讯。

这只是沿途的经历，感想还多，不愿在忙中写过，以后再说。夜深了，容我说晚安罢！

冰　心

一九二三年八月九日，上海。

通讯五

小朋友：

早晨五时起来，趁着人静，我清明在躬之时，来写几个字。

这次过蚌埠，有母女二人上车，茶房直引她们到我屋里来。她们带着好几个提篮，内中一个满圈着小鸡。那时车中热极，小鸡都纷纷地伸出头来喘气，那个女儿不住地又将它们按下去。她手脚匆忙，好似弹琴一般。那女儿二十上下年纪，穿着一套麻纱的衣服，一脸的麻子，又满扑着粉，头上手上戴满了簪子，耳珥，戒指，镯子之类，说话时善能作态。

我那时也不知是因为天热，心中烦躁，还是什么别的缘故，只觉得那女孩儿太不可爱。我没有同她招呼，只望着窗外，一回头正见她们谈着话，那女孩儿不住撒娇撒痴的要汤要水；她母亲穿一套青色香云纱的衣服，五十岁上下，面目蔼然，和她谈话的态度，又似爱怜，又似斥责。我旁观忽然心里难过，趁有她们在屋，便走了出去——小朋友！我想起我的母亲，不觉凭在甬道的窗边，临风偷洒了几点酸泪。

请容我倾吐，我信世界上只有你们不笑话我！我自从去年得有远行的消息以后，我背着母亲，天天数着日子。日子一天一天地过了，我也渐渐的瘦了。大人们常常安慰我说:“不要紧的,这是好事!”我何尝不知道是好事?叫我说起来,恐怕比他们说的还动听。然而我终究是个弱者,弱者中最弱的一个。我时常暗恨我自己!临行之前,到姨母家里去,姨母一面张罗我就坐吃茶,一面笑问:“你走了,舍得母亲么?”我也从容地笑说:“那没有什么,日子又短,那边还有人照应。”——等到姨母出去,小表妹忽然走到我面前,两手按在我的膝上,仰着脸说:“姊姊,是么?你真舍得母亲么?”我那时忽然禁制不住,看着她那智慧诚挚的脸,眼泪直奔涌了出来。我好似要堕下深崖,求她牵援一般。我紧握着她的小手,低声说:“不瞒你说,妹妹,我舍不得母亲,舍不得一切亲爱的人!”

小朋友!大人们真是可钦羡的,他们的眼泪是轻易不落下来的;他们又勇敢,又大方。在我极难过的时候,我的父亲母亲,还能从容不迫地劝我。虽不知背地里如何,那时总算体恤、坚忍,我感激至于无地!

我虽是弱者,我还有我自己的傲岸,我还不肯在不相干的大人前,披露我的弱点。行前和一切师长朋友的谈话,总是嬉笑着说的。我不愿以我的至情,来受他们的讥笑。然而我却愿以此在上帝和小朋友面前乞得几点神圣的同情的眼泪!

窗外是斜风细雨,写到这时,我已经把持不住。同情的小朋友,再谈罢!

冰　心

一九二三年八月十二日,上海。

我的童玩

◎ 林海音

我的“小脚儿娘”

老九霞的鞋盒里，住着我心爱的“小脚儿娘”，正在静静地等着她的游伴——李莲芳的“小脚儿娘”。

夏日午后，院子里的榆树上，唧鸟儿（蝉）拉长了一声声“唧——唧——”的长鸣。虽然声音很响亮，但是因为单调，并不吵人，反而是妈妈带着小弟弟、小妹妹在这有韵律声音中，安然地睡着午觉。只有我一个人，在兴奋地等着李莲芳的到来——我们要玩小脚儿娘。

一放暑假，我就又做了几个新的小脚儿娘。一根洋火棍，几块小小的碎花布做成的小脚儿娘，不知道为什么给我那么大的快乐。

老九霞的鞋盒，是小脚儿娘的家；鞋盒里的隔间、家具，也都是我用丹凤牌的洋火盒堆隔成的。如果是床，上面就有我自己做的枕和被；如果是桌子，上面也有我剪的一块白布钩了花边的桌巾。总之，这个小脚儿娘的家，一切都是照我的理想和兴趣，最要紧的，这是以我艺术的眼光做成的。

最让人兴奋的是，中午吃饭的时候，我准备了一个用厚纸折成的菜盒，放在坐凳我屁股旁边。等爸爸一吃完饭放下筷子离开饭桌时，我的菜盒就上了桌。我夹了炒豆芽儿、肉丝炒榨菜、白切肉等等，装满一盒子。当然，宋妈会在旁边瞪着我。不管那些了，牙签也带上几根，好当筷子用。

李莲芳抱着她的鞋盒来了。我们在阴凉的北屋套间里，展开了我们两家的来往。掀开了两个鞋盒，各拿出自己的小脚儿娘来。我用手捏着只有一条裤管脚和露出鞋尖的小脚儿娘，哆哆哆地走向李莲芳的鞋盒去，然后就是开门、让座、喝茶、吃东西、聊闲天儿。事实上，这一切都是我俩在说话、在喝茶、在吃中午留下来的菜。说的都是大人说的话，趣味无穷。因为在这一时刻，我们变成了家庭主妇，一个家的主妇，可以主动、可以发挥，最重要的是不受制于大人。

从六岁到六十岁

旧时女孩的自制玩具和游戏项目，几乎都是和她们学习女红、练习家事有关联的。所谓寓教育于游戏，正可以这么说。但这不是学校的教育课程，而是在旧时家庭中自然形成的。

我五岁自台湾随父母去北平，童年是在大陆北方成长的，已经是十足北方女孩子气了。我愿意从记忆中找出我童年的游乐，我的玩具和一去不回的生活。

昨天，为了给《汉声》写这篇东西，和做些实际的玩具，我跑到沅陵街去买丝线和小珠子，就像童年到北平绒线胡同的瑞玉兴去挑买丝线一样。但是想要在台北买到缠粽子用的丝绒线是不可能的了。我只好买些粗的丝线，和穿孔较大的小珠子，因为当年六岁的我，和现在六十岁的我，眼力的使用是不一样啊！

用丝线缠粽子，是旧时北方小姑娘用女红材料做的有季节性的玩具。先用硬纸做一个粽子形，然后用各色丝绒线缠绕下去。配色最使我快乐，我随心所欲的配各种颜色。粽子缠好后，下面做上穗子，也许穿上几颗珠子，全凭自己的安排。缠粽子是在端午节前很多天就开始了，到了端午节早已做好，有的送人，有的自己留着挂吊起来。同时做的还有香包，用小块红布剪成葫芦形、菱形、方形，缝成小包，里面装些香料。串起来加一个小小的粽子，挂在右襟纽袢上，走来走去，美不唧唧的。除了缠粽子以外，也还把丝绒线缠在卫生球（樟脑丸）上。总之，都成了艺术品了。

珠子，也是女孩子喜欢玩的自制玩物，它兼有女性学习做装饰品。我用记忆中的穿珠法，穿了一副指环、耳环、手环，就算是我六岁的作品吧！

挝子儿

北方的天气，四季分明。孩子们的游戏，也略有季节的和室内外的分别。当然大部分动态的在室外，静态的在室内。女孩子以女红兼游戏是在室内多，但也有动作的游戏，是在室内举行的，那就是“挝子儿”。

挝子儿的用具有多种，白果、桃核、布袋、玻璃球，都可以。但玩起来，它们的感觉不一样。白果和桃核，其硬度、弹性差不多。布袋里装的是绿豆，不是圆形固体，不能滚动，所以玩法也略有不同。玻璃球又硬、又滑，还可以跳起来，所以可以多一种玩法。

单数（五或七粒）的子儿，一把撒在桌上，桌上铺了一层织得平整的宽围巾，柔软适度。然后拿出一粒，扔上空，手随着就赶快拣上一颗，再扔一次，再拣一颗，把七颗都拣完，再撒一次，这次是同时拣两颗，再拣三颗的，最后拣全部的。这个全套做完是一个单元，做不完就输了。

女性的手比较巧于运用，当然是和幼年的游戏动作很有关系。记得读外国杂志说，有的外科医生学女人用两根针织毛线，就是为了练习手指运用的灵巧。

挝子儿，冬日玩得多，因为是在室内桌上。记得冬日在小学读书时，到了下课十分钟，男生抢着跑出教室外面野，女生赶快拿出毛线围巾铺在课桌上，挝起子儿来。

为了收集这些玩具给《汉声》，我买来一些白果，试着玩玩。结果是扔上一颗白果，老花眼和略有颤抖的手，不能很准确地同时去拣桌上的和接住空中落下来的了。很悲哀呢！

除了挝子儿，在桌上玩的，还有“弹铁蚕豆儿”。顾名思义，蚕豆名铁，是极干极硬的一种。没吃以前，先用它玩一阵吧，一把撒在桌上，在两粒之中用小指立着划过去，然后捏住大拇指和食指，大拇指放出，以其中的一粒弹另外一粒，不许碰到别的。弹好，就可以拣起一粒算胜的，再接着做下去，看看能不能把全有的都弹光算赢了。

跳绳和踢毽子

这两项游戏虽是至今存在，不分地方和季节的，但是玩具就有不同。跳绳，当然基本是麻绳，后来有童子军绳和台湾的橡皮筋。我最喜欢的，却是小时候用竹笔管穿的跳绳。放了学到琉璃厂西门一家制笔作坊，去买做笔切下约寸长的剩余竹管，其粗细是我们用写中楷字的笔。很便宜的买一大包回来，用白线绳一个个穿成一条丈长的绳。这种绳子，无论打在硬土地上、砖地上，都会发出清脆的竹管声，在游戏中也兼听悦耳的声音。

跳双绳颇不易，有韵律，快速。但是在跳绳中拣铜子儿，也不简单。把一叠铜子儿放在地上（绳子落地碰不到的地方），每跳一下，低头弯腰下去拣起一个铜子儿，看你赶不赶得上又要跳第二下。又跳，又弯腰，又伸手捡钱，虽不是激烈运动，却是全身都动的运动呢！

踢毽子是自古以来的中国游戏，这玩具羽毛是基础，但是底下的托子却因时代而不同了。在我幼年时，虽然币制已经用铜板为硬币，但是遗留下来的制钱，还有很多用处，做毽子的底托，就是最好的。方孔洞，穿过一根皮带，把羽毛捆起来，就是毽子了。

自己做毽子，也是有趣的事。用色纸剪了当羽毛，秋天的大朵菊花当羽毛，都是毽子。而记忆中有一种为儿童初步学踢毽子的，叫“踢制钱儿”，两枚制钱用红头绳穿起来，刚好是小孩子的手持到脚的长度即可。小孩子提着它，一踢一踢的，制钱打着布鞋帮子，倒也很顺利。

踢毽子到学习花样儿的时候，有一个歌可以念、踢，照歌词动作：“一个毽儿，踢两瓣儿。打花鼓，绕花线儿。里踢，外拐。八仙，过海。九十九，一百。”

念完，刚好踢十下，但是踢到第五下以后，就都是“特技”了！

活玩意儿

小姑娘和年幼的男孩，到了春天养蚕，也可以算“玩”的一种吧！到了春天，孩子们来索求去年甩在纸上的蚕卵，眼看着它出了黑点，并且动着，渐渐变白，变大。于是开始找桑叶，洗桑叶，擦干，撕成小块喂蚕吃。要吐丝了，用墨盒盖，包上纸，把几条蚕放上去，让它吐丝，仔细铲除蚕屎。吐够了做成墨盒里泡墨汁用的芯子，用它写毛笔字时，心中也很亲切，因为整个的过程，都是自己做的。

最意想不到的，北平住家的孩子，还有玩“吊死鬼儿”的。吊死鬼儿，是槐树虫的别名，到了夏季，大槐树上的虫子像蚕一样，一根丝，从树上吊下来，一条条的，浅绿色。我们有时拿一个空瓶，一双筷子，就到树下去一条条的夹下来放进瓶里，待夹了满满一瓶，看它们在瓶里蠕动，是很肉麻的，但不知为什么不怕。玩够了怎么处理，现在已经忘了。

雨后院子白墙上，爬着一个浅灰色的小蜗牛，它爬过的地方，因为黏液的经过，而变成一条银亮的白线路了。你要拿下来，谁知轻轻一碰，蜗牛敏感的触角就会缩回到壳里，掉落到地上，不出来了。这时，我们就会拉出了声音唱念着：

“水牛儿——水牛儿，先出犄角后出头。你妈——你爹，给你买烧饼羊肉吃呀！……”

又在春天的市声中，有卖金鱼和蝌蚪的，蝌蚪北平人俗叫“蛤蟆骨朵儿”。花含苞未开时叫“骨朵儿”，此言青蛙尚未长成之意。北平人活吞蝌蚪，认为清火。小孩子也常在卖金鱼挑子上买些蝌蚪来养，以为可以变成青蛙，其实玻璃瓶中养蝌蚪，是从来没有变成过青蛙的，但是玩活东西，总是很有意思的。

剪纸的日子

一张张四四方方彩色的电光纸，对折，对折，再对折，小小的剪子在上面运转自如地剪起各种花样。剪好了，打开来，心中真是高兴，又是一张创作，图案真美，自己欣赏好一阵子，夹在一本爸爸的厚厚的洋书里。

剪纸，并不是小学里的剪贴课，而是北方小姑娘的艺术生活之一。

有时我们几个小女孩各拿了自己的一堆色纸，凑在一起剪，互相欣赏，十分心悦。

等到长大些，如果家中有了喜庆之事，像爷爷的生日，哥哥娶嫂子，到处都要贴寿字、双喜字，我们就抢不及地帮着剪，这时有创意的艺术字，就可以出现了。

妈妈是棵树

◎ 曹文轩

平原的黄昏是宽广坦荡的。西垂的巨幅天幕上，烂漫着夏季落日的余晖。似乎疲倦了的乡野，静静地躺在这暗玫瑰红色中，等待着湿润的夏夜来临。远处水塘边的芦苇丛中，露出几弯牛背，驮着暮色，在缓缓移动。稀稀落落几座茅屋，正在模糊成黑影。空气里有了让人舒适同时也让人惆怅的清凉。

一驾马车沿着大路，从天地的浑然相接处朝这边驶来。

马车越来越近，后来逐渐减速，在大路边停下。

从车上下来一位年轻女子。她的穿着以及身材、面容和一举一动，皆与这乡野，这茅屋，这些荷锄归家的农人形成了鲜明对比。她文静而优美，眼神中含着几丝激动，几丝忧伤。她用那双眼睛，亲切而又陌生地四处打量着这片土地。当她看到那棵老柳树时，身体和嘴唇皆在这清凉的空气中微微颤动起来。

车夫将草帽扣在脸上，闭目打发颠簸的劳累去了。

树丫上，有一只似乎衰老了的喜鹊，发出一声苍凉的鸣叫，随即扇动沉重的翅膀朝她飞来。

她仰脸朝它张望，心禁不住一阵阵颤抖，举起两只细长的胳膊，把张开的十指映上天幕。她朝它摇动双手。喜鹊扑着翅膀，一路将她引到老柳树跟前。老柳树向前倾斜着树干，似乎要跌倒在她身上。她伸开双臂抱住它粗糙的躯干，两股泪水早已顺着鼻梁流向嘴角。

她呜咽着，叫着："妈妈……妈妈……"她用细嫩的手在它裂开了一道道缝隙的躯干上，无休止地抚摸着。远处的村子里，有人在暮色里传着话："大路边停着一辆马车。""好像有一位姑娘朝那棵老柳树走去了。"于是，有三五个人在朦胧暮色中朝老柳树下张望。夜色如潮，从四面八方弥漫过来，终于将一切淹没……秀秀的生命是恶毒的，当她在人世间发出第一声响亮的号啕时，母亲便永远地沉默了；两岁时，父亲为给她摘一枝漂在水面的花朵而失足落水，三天后，村里人在二十里外的下游水域才将他捞到。舅舅和舅妈将一份像样的遗产连同她一起收留。她并无一丝悲哀，一样地张开小手嚷嚷着要吃的，一样地把一颗水果糖吮得"吧唧吧唧"响，一样地为空中一只飞鸟而欢呼鼓掌。她还太小。可大人们却从这种快乐里看出了几分阴险和潜伏着的危机。四岁时，她已隐隐约约地感觉到了四周人目光中的异样和陌生。她瞧见了一种隔膜。她的无忧无虑的笑容开始减少，那明澈的眼睛里，过早地生出了淡淡的忧伤。她有一种习惯：怯生生地看人的眼睛。她变得越来越敏感，像一头走出林子来到草地上的小鹿，小心翼翼地听着四周的声音，看着四周的变化。她渐渐地喜欢独自一人做事了：独自一人在草丛里扑蚱蜢，独自一人在林子里捉柳花，独自一人到水边去把水浇到小鸭们的身上……

她甚至对自己感到陌生。她坐到池塘边，心中充满疑虑，警惕地望着水中自己的面容。

五岁那年夏天,她被舅舅和舅妈领到村前地头的一棵柳树下。

舅妈说:“你命硬,得认它做妈妈。”

那是一棵健壮的大柳树。粗硕的树干在笔直地长了一丈高后,潇洒地打了一个弯儿,回旋来,又笔直地向上长去,然后分开几臂,臂生丫,丫又生丫,丫生无其数,便形成一个巨大的树冠。丈余长的柳枝,千条万条地垂挂下来,宛如一层层绿茵茵的帘子,把夏日的阳光筛簸着。微风轻轻一拂,那丝丝柔韧的柳条,飞扬起来,飘逸动人。

树丫上静默地站着一只美丽的喜鹊。它高贵地昂着闪着紫光的颈子,两只眼睛在闪着锐利的光芒。

好多年以前的一个夏日的黄昏,正是它口衔一根柳枝飞过空中,落在地头,将柳枝插在土里。从此,那柳枝便生了根,长成眼前这棵大柳树。

秀秀看到这棵树,心便微微发颤,并微微有点胆怯。她用乌亮的眼睛望着它。她似乎觉得她与它之间有一种温暖的交流。她升起一种渴望。她觉得它更有一种渴望,并且十分急切。她与它好像对这一见面都已等待了许久。

喜鹊叫起来,声音在碧空下、原野上,袅袅飘去。

很多人来观望。

秀秀没有觉察。此时此刻,她觉得这个世界里,只有她、树和那只喜鹊。

并无风吹,那大柳树却把绵绵的柳条撩动起来,在秀秀的整个身体上抚弄着。她的面颊上感受到一种前所未有的温柔和舒适。这些柳条将她与大柳树连接在一起了,在循环往复地感应着。

喜鹊展开翅膀在树顶上盘旋。

人们全都退去了。

秀秀久久地站在这棵慈祥的大柳树下。

喜鹊升向无尽的高空,在消失于云层一段时间后,又突然从云层中出现,然后徐徐落下,一直落到秀秀的脚边。

那喜鹊的眼睛里有一种神性。

每当秀秀看到飞扬的柳条,总会觉得,那很像一个妇人的头发在空中飘动。于是,她便情不自禁地走向它。

大柳树酿成了一方湿润的世界。秀秀一来到树下,从头到脚就有了一种不可言说的舒适。她喜欢它的躯体散发出的清爽而微带苦涩的味儿,喜欢它用枝条千百次抚摸她的脸,喜欢倚在它宽厚坚实的身上,喜欢仰望枝头那只常常凝神不动的喜鹊。她觉得这里是一座房子,一座高大的房子,树冠就是屋顶,那些枝条组成的长长的绿幔,便是墙。她在大树下游戏,在大树下唱歌,在大树下幻想,在大树下尽情显出傻样来。她记不得那是一棵树。她觉得它的生命在树干里流动,一直流到每一根枝条的梢头。她能听见它安详的喘息和春风一样的细语。

秀秀最喜欢做的一件事就是纵身一跳,双手抓住十几根柳条,在空中飞荡。她很奇怪,自己并没有加力,柳条却带着她"呼啦啦"飞向空中。她的身体似乎变得轻如一只燕子。当她上升时,她只觉得自己在飞向白云飘飘的蓝天,心中充满惊喜。当她下落时,她领略着一种让她兴奋的恐怖。还未等体味透彻,她又飞向了空中。

每当这种时刻,喜鹊就会飞到她的肩头。

她在高空里往远处一瞥,村庄、河流、牛羊和鸭群便都收在眼底。天地在旋转,整个世界在运动。她会在高空里大声地"咯咯咯"地笑起来,或像小疯子一般惊呼乱叫。

于是，就有一群嫉妒她的半大小子来占领这方天地。“这是我的地方！”秀秀怀着排斥的心理，阻止他们的到来。像所有无赖惯用的一个无赖的道理，他们振振有词：“你能叫答应了，就算是你的地方。”秀秀紧紧抱着大柳树，向他们射去畏惧和厌恶的目光。

他们将一条浑身上下沾满屎的大公牛拴到了大柳树上。那牛就用犄角野蛮地搓擦大柳树的树皮。“你们解开牛绳！”秀秀叫道。“你自己解吧。”他们中间的那个小秃子，一脸的嘲弄。秀秀生性胆怯。但当她看到公牛用犄角尖尖划破树皮时，她却走上前去。公牛喷着响鼻。秀秀吓住了。那帮小子就笑得没了人样，其中小秃子笑得最为夸张。秀秀再也不怕，上去一拉绳扣，将牛绳解开了。解脱了的公牛便掉头奔走了。那帮小子赶紧追赶。公牛狂奔乱蹿。小秃子很恼火，牛也不管了，拿着割草的刀回来了。他走到大柳树下，一边笑嘻嘻地望着秀秀，一边将锐利的刀尖插进树皮，然后慢慢地往下拉。秀秀觉得那刀尖在自己的身上冰凉而锋利地拉着，她用哀求的目光望着小秃子。小秃子正沉浸在残忍的快感里，把刀尖拔出，又一次更深地插进树皮然后极用力又极缓慢地往下拉。

老柳树痉挛似的抖动着，只听见树枝嗦嗦作响。喜鹊惊叫起来。秀秀扑过去，一低头，撞开小秃子，随即伸开双臂，用身体护着大柳树。小秃子举着亮霍霍的刀，咬牙切齿地走过来。秀秀竟无一丝畏惧，把头昂得高高的。小秃子的刀就在秀秀眼前来回晃，像要削掉秀秀挺直的鼻子。秀秀的眼睛眨都不眨。只听见“噗嗒”一声，喜鹊将一泡屎不偏不倚地拉在了小秃子亮闪闪、光溜溜的秃头上。“啊，啊，头上落鸟屎要倒霉的！”围观的那帮小子叫道。小秃子直往水边跑。大柳树在往外流着绿色的汁水。秀秀觉得那是大柳树在流血，伸出细嫩的手去抚摸伤口，并脱下褂子，小心地把它的伤口包扎起来。柳条飘过来，纷纷拂着秀秀。喜鹊仰望长空，又恢复了神鸟的样子。寒风把田野吹出一派荒凉。天空下的田野显得寒酸而丑陋。灰白的土地很寂寞地听着稀疏的枯草发出的沙沙声。乌鸦在细长的田埂上，摇摆着走，寻觅着食物。天空本身也单调得乏味。秀秀的心情也常常阴着。

她不能常常来到大柳树下了。因为她不能长久地抵御长驱直入的寒风。冬风也无情地扯去了大柳树的叶子，使它赤条条地立在天空下。她觉得，每当自己来临时，它总竭力要给她一点温暖，然而它终于不能，于是显得痛苦万分，到处布满皱纹。喜鹊几乎整日整夜地蹲在枝头，仿佛是从树上长出来的。这天暮色即将降临时，她又来了。她现在不能回家去。她捡了一天柴火才捡了几根。她到处寻找，然而满眼干干净净，地上再也没有什么可捡。她多么想捡一大捆柴火啊！她可用它们换得一份温热而珍贵的自尊。她很失望，觉得世界是那样的苍白和无趣。她累了，坐下，将背靠在大柳树上。喜鹊落下，站在她面前，歪着脑袋，与她对望着。“能告诉我，什么地方有柴火吗？”喜鹊飞回树顶，无奈地用喙敲打着树枝。一根枯枝落在地上。沉默着的大柳树忽然抖动起身体，先是三两根枯枝落下，随即，秀秀听到一片犹如除夕夜晚的爆竹的声响，眼前的情景，使她目瞪口呆：长长短短、粗粗细细的枯枝条，“咔嚓咔嚓”断裂，“噼噼啪啪”地掉在地上。那急促，那稠密，那壮观，像是一阵倾盆大雨。转眼间，地上已是一大片枯枝。

喜鹊飞下，衔起一根，丢在了秀秀面前。秀秀如梦初醒，望着寒风中越发单薄清瘦的大柳树，泪流满面。喜鹊还在往她跟前衔枯枝。秀秀弯下腰去，一根一根地将枯枝捡起来。当月亮升起时，秀秀已背着一大捆几乎要将她压垮了的柴火，走在回舅舅家的路上。她不时艰难地回过头来望那大柳树。透过蒙眬泪幕，她见到它的枝枝丫丫被月光镶上了一层清凉而又光明的银边。

秀秀忽然对书如痴如醉。她悟性又好，刚读完二年级，就差不多能看大人们看的书了。她就呆呆地、忘我地投入其中，沉浸其中，一会儿眉开眼笑，一会儿泪水莹莹。一旦空手，她就变得焦躁不安，像一只走在池边觅鱼的猫一样，到处寻觅着书。那双眼睛饥渴而贪婪。一旦获得，就迫不及待地跑到大柳树下“吞食”。她把凡在村里能找到的书全都看了。书将她带向扑朔迷离的远方，带向虚无缥缈的天国。她的心灵惬意万分地在暖流中漂浮。她很自足。

这天，她从语文老师那儿借来一本很精彩的书。正当她随着书中那个男孩来到幽静的林间水泊准备驾一只小帆船时，忽从身后伸过一只大手来，将她手中的书夺去了。她抬头一看，是舅妈。

“你把鸭子赶到河里了吗？”

“你是一个好吃懒做的孩子！”

“你是一个很让人讨厌的孩子！”

“你是一个很不知羞耻的孩子！”

“我让你看这些勾魂儿的书！让你看！”

书在舅妈的手中撕碎了，随即被她一抛，雪片般落在秀秀的身上。

望着舅妈远去的背影，秀秀慢慢低下头，肩胛便随着痛苦的哭泣而如风中的秋草在颤动。柳条纹丝不动地低垂着。喜鹊的形象是一个复仇者的形象。秀秀突然抱住大柳树，眼泪抢着滴进树皮的缝隙里，慢慢往下潮湿着。

秀秀觉得大柳树也在微微发颤，并瞧见那些枝条像注满了力量，像钢丝一样斜横在空中。她有种预感，这里将发生神奇的现象。神态宛如一个军师的喜鹊，使她更加深了这种预感。

第二天清晨，不知是谁第一个大声惊叫起来："你们看呀，那树！"简直不得了！仅仅一夜，那大柳树的树冠蔓延开来，几乎遮天蔽日！村里人都涌出来观望，觉得那枝头仿佛如决堤的大水的水头，还在往前"唰唰"游动。天空下这片绿色的浮云，把它身边的一块稻田严严实实地覆盖了。

那是秀秀舅舅家的稻田。阳光、雨露都被树冠遮住，而此时的秧苗正急切地需要它们的照耀和滋润。眼见着，眼见着，那一片秧苗枯黄下来了。舅舅和舅妈一人找了一根长竹竿绑上锋利的镰刀，爬上树或站到地里去，拼命地将大柳树的树枝割削下来。他们"呼哧呼哧"地喘着粗气，与大柳树进行凶狠的作战。喜鹊盘旋于空中，不时发出一声令人毛骨悚然的叫声。割削下来的树枝，被拖到远处。阳光透过参差不齐的枝条，又照到了秧苗上。当舅舅和舅妈带着胜利的微笑、拖着疲倦的身子回到那三间茅屋时，大柳树却在夜幕下更加疯狂地生长着。那些树枝像一支义愤填膺又失去控制的军队，激荡着，翻滚着，向前膨胀和涌动，"咔吧咔吧"的生长声在夜空下清脆地响闹着。

舅舅和舅妈不得不与大柳树再次作战。喜鹊整日整夜不落枝头，展翅空中，为大柳树高歌不息。舅舅和舅妈终于无奈地瘫坐在田埂上。他们头发蓬乱，面容憔悴，两眼无神。停顿三日，他们拿着一把大锯、一把板斧，一脸阴沉地来到大柳树下。空气中充满冰冷的杀气。四周一片沉寂。舅舅往手上啐了一口唾沫，提着板斧走过来。柳条忽如在飓风中纷纷翻卷起来，朝舅舅没头没脑地抽劈。有一些枝条三两根拧成一股，像鞭子一样，在空中抽得"叭叭"直响。舅舅挥舞板斧，发疯似的劈杀，只见柳条"哗哗"掉在地上。喜鹊从空中斜劈而下，狠狠打击舅舅的脑袋。此时此刻,它完全不像喜鹊,而像一只凶鹰,一只恶鹫。板斧的长柄打到了喜鹊的身上。一团羽毛在空中飘飞。舅舅逼近大柳树,一斧头砍进了树干。村里有人匆匆跑来告诉舅舅:“秀秀举着一个火把,说你如不停手,她就烧掉房子!”舅舅抬头望去,只见秀秀高举火把站在茅屋前的石磨上。板斧掉在地上……天下起大雨。挨了舅舅耳光的秀秀,嘴角流出一缕殷红的血。仰脸望着大柳树,她觉得它这几年衰老了许多。不知是雨珠还是泪珠,从树叶上纷纷落下,洗去了她嘴角的血迹,淋湿了她的全身……

秀秀的书读得越发出色。小学跳了两级,初中和高中又各跳了一级。身体瘦弱的她宛如一条小鱼,甩着尾巴,越过一群又一群同伴,当她读到高三时,她的头才与班上同学的肩齐。在同学堆里,她的眼睛里老带着一种迷惑和略带惊慌的神色。

这是六月的一个傍晚。秀秀带着惶惑和紧张,来到大柳树下。第二天她就要参加高考。她对这件事的含义很模糊。它到底意味着什么,仅仅十五岁的秀秀很难深入地去思考。她只感觉到自己很渺小无力,心里有点害怕。此时此刻,她必须要偎依在大柳树的身旁。多少年就是这样,每当她感到忧伤、恐慌或对事情难以作出判断时,她就来到大柳树身旁。

她似乎感觉到大柳树在对她说:“秀秀,今夜你就宿在这里吧。”

夜色从苍茫的田野上,慢慢地涌过来了。

一轮无限皎洁的月亮,从东面大河里升上来了。

秀秀爬上树,那里有一个大树丫,如同张开的大手。秀秀常躺在这里看书和睡觉。

秀秀立即平静下来。

平原的夏夜是迷人的。一望无际的稻田，在月光下泛着涟漪。一条条水渠，银蛇一样闪烁不定。稻叶摩挲，天空下到处是神秘而柔和的絮语。池塘里的青蛙，很清脆地响着蛙鼓。极远的地方，有一声半声野鸡含糊不清的叫声，将夏夜衬托得格外恬静。

秀秀闻着经露珠湿润后的树木花草散发出的植物清香，心情安恬而优雅地望着星空。天好蓝好蓝哟！秀秀第一回这么仔细地观察天空。原来它是这样清明和高远。星星像被打磨过一般，一颗颗是那样明亮地闪耀着。夜间的云朵才是最令人神往的，它像一叶梦中的白帆，在向前飘移。它把秀秀的想象带到很远很远的地方。

秀秀侧过身子，把脸颊靠在树上。

不知为什么，她像婴儿一样蜷起身子，静静地哭起来。

喜鹊沐浴着月光，立在枝头，像一个预言者。

秀秀上大学之后，大柳树一日一日地衰老起来，成了老柳树。它的树皮越来越粗糙，柳条也越来越稀疏。在一次飓风中，它歪倒了，向前倾着身子，如同驼背老人在眺望漫漫大路的尽头。

秀秀走后的第四个年头的秋天的一个深夜，全村人听到一个从未听到过的炸雷。那雷似乎要把天和地都击成碎片，房屋被震得乱颤。第二天早上，人们看到，老柳树几乎被雷劈去大半，露着白生生的茬口，很凄惨地竖在地头，唯一一根树枝上，那只喜鹊还忠贞不渝地护着它。

它就这样顽强地活着：每年春天，除了那一根树枝长出绿叶外，在残躯上，还直接冒出几朵绿芽。黄昏里，它在西天的反光中，其形犹如一头仰天长望的母狮。

这生命是难以熄灭的，因为它在等待自己的秀秀……

黄昏里来的马车就一直停在路边。

秀秀就一直守护在老残的柳树跟前。

当年，她坐了两天长途汽车，又坐了三天三夜火车，到了她的大学。读完四年书，本想回来看看大柳树，无奈大洋彼岸的那所大学的录取通知书上所规定的入学时间，根本容不得她实施这一计划，只好一路哭着飞渡重洋，去了异国他乡。

八年过去了。

如今的秀秀，已是一个戴着一副眼镜、身材苗条且十分有教养的姑娘了。

她跪在老柳树面前很长时间，然后，用纤纤十指，在它的身体上一遍又一遍地抚摸。她似乎听见了大柳树的微弱的心声，感到它的身体在微微颤索。

喜鹊也老了，掉了不少羽毛，也没有当年那么神气了，低垂着脑袋。

一股酸楚之情漫上秀秀的心头，又不禁泪雨纷纷。

东方的天色告诉秀秀，天快要亮了。她要很快离开这里。她实际上并没有时间回来，是硬挤出来的空闲。她必须在上午九点钟之前赶到三十里外的县城坐上长途汽车，然后经过两日颠簸，再坐三天三夜火车，赶到首都，然后重又飞渡重洋。

太阳即将升起。

她匆匆跑向马车。上车后，她看了看前方的村子，转而泪眼蒙眬地望着柳树。

马车启动了。

喜鹊扑着翅膀，一直飞在马车的上空，为她送行……

第二年春天，老柳树只冒出一根细细的绿枝。这是它攒足了全部生命才生出的绿枝。

也是在夏日的一个黄昏里，村里人看到，那只喜鹊用喙扭动了半天，终于把那根唯一的柳枝扭断，然后衔着它，吃力地飞过村子的上空，往西方飞去了……

第二辑 心田上的野百合

在野草的鄙夷下，野百合努力地释放内心的能量。有一天，它终于开花了。它那灵性的洁白和秀挺的风姿，成为断崖上最美丽的颜色。这时候，野草再也不敢嘲笑它了。百合花一朵一朵地盛开着，花朵上每天都有晶莹的水珠，野草们以为那是昨夜的露水，只有百合自己知道，那是极深沉的欢喜所结的泪滴。

追心记

◎ 孙幼军

题目挺怪，是不？别急，看完你就明白了。

上课铃响起来，事情就是从这儿开始的。

四年三班班主任李老师，正在教员室里改作文本。听见铃响，她忽然有点儿不放心。

“三班这堂的算术课，是新来的老师。”李老师心想，“不知道孩子们听讲的情况怎么样……”

这么想着，李老师就放下刚蘸上红墨水的钢笔，走出教员室。她静悄悄靠近四年三班的窗户，偷偷往教室里看。

李老师暗暗高兴起来——不管女孩子还是男孩子，都一声不响、聚精会神地听课呢！

可是再仔细瞧，她在心里叫了一声：“不好！”

赵小冬，嗯，又是这个赵小冬，两眼发直，在那儿出神！

“真是糟糕！”走回教员室，李老师急得叫出声来，“又跑啦！”

教体育的大王老师摸不着头脑：“什么跑啦？”

“赵小冬的心呗！”李老师说，“这不，刚上课，他的心就跑了。这么着，整整一堂课，他什么也听不见，晚上写作业，又得抄人家的！不行，我得把他的心追回来！——工夫还不大，跑不太远……”

“我帮你追！”大王老师是个热心的人，他“腾”一下子站起来，“我跑得快！”

李老师推上自行车，大王老师扎紧白运动鞋的带子，两人一块儿出了学校大门。

大王老师跟丢了钥匙似的，两眼拼命在地上搜寻。李老师问他：

“你找什么哪？”

大王老师说：“还用问？赵小冬的心呗！”

“他的心跟一把钥匙似的？”

“顶多像个大桃子——画报上画的心就这样！”

“不对，”李老师告诉他，“赵小冬的心跟他本人一模一样，就是小点儿，有这么高！”

“那就更容易发现了！”大王老师说，“咱们分头找？”

“先一起到他家再说。他的心最爱往家跑！”

李老师骑上自行车猛蹬，大王老师还是冲在她前头。别忘了：大王老师是全市运动会一万米纪录保持者！

他们仅用三分钟就到了赵小冬的家。要是能把赵小冬堵在这儿，那这堂算术课还耽误不了多少。

院子里一个人也没有。一只大黑猫见突然跑进两个人来，吓得“噌”一声蹿上老槐树。

“糟糕！”李老师朝四周看看，着急地说，“看样子，赵小冬的心没回家来！”

“怎么没回来！”树杈上的大黑猫忍不住，气哼哼地搭茬儿了，“刚才还在这儿使劲揪我的尾巴来着！”

“这会儿呢？”李老师赶紧问。

“进屋去了。多半还在里头！”大黑猫说。

他们进了屋子。屋子里也静悄悄的。

“找赵小冬的心吧？”锁着的柜子底下忽然响起很尖的声音，一只小老鼠探出头来，睁着很亮的圆眼珠儿，“你们要是不跟那只该死的猫说话，一直跑进来，就碰上他了！他刚从柜子里的铁盒子抓了一大把糖果，说是公园里吃去。他奶奶说他比我还厉害，就把糖果锁进柜子。别看他没辙，他的心可有本事得很，不费一点儿力气就进了柜子……”

李老师可没工夫听小老鼠告状，她扯住大王老师就往外跑。

他们直奔公园。

进了公园大门，李老师往左拐，大王老师往右拐。两个人把公园搜遍，也没找到赵小冬的心。

“赵小冬的心也跑得太快了！”大王老师抹了一把汗说。

“快着哪！”李老师说，“有时候我正上课，眼看着他的心从身上跳出来，爬上窗台。我还没来得及伸手，他就无影无踪了！——先不说这个，现在咱们可去哪儿啊？”

“我告诉你们！”大柳树上一只喜鹊喳喳叫，“刚才一个不丁点儿的男孩子突然冒出来，朝我打了一弹弓。不是我躲得快，脑壳准让他敲碎了！我飞起来，瞧见他往电影院跑了！”

大王老师疑惑地说：“准知道是他？”

李老师说：“没错儿！他的心最爱往电影院跑，还整天揣着个弹弓……”

大王老师撒腿就跑：“快！”

可惜没个裁判员给他掐表，这次他准得打破自己保持的纪录！

电影院门口的大广告牌上画着一个蓝色的大星球和一艘宇宙飞船。四个大艺术字是：飞向火星。

李老师说："这片子我组织班上的同学看了呀！他还会来？"

李老师的话还没完，大王老师就看见一个一尺多高的小人儿，"噌！"一下子钻进电影院的大门。他一指说：

"在那儿！"

大王老师一头钻进影院，李老师也丢下自行车，跟了进去。

银幕上是发射台，一枚巨大的银白色火箭静静地朝天站立，正准备飞上去。

李老师和大王老师拼命睁大眼睛向黑暗处搜寻。可惜大厅里太黑，根本看不见那个小人儿在哪儿。他们又往银幕上看，只见坐在指挥台中间的一个胖子正喊着："1、2、3、4……"随着"启动"的号令，火箭的尾巴冒出火光，响起雷鸣般的声音。

就在这一时刻，突然有个小人儿蹿上银幕、跳上火箭。他拉开密闭舱门，一头钻进去！

李老师大叫一声。火箭可不理睬她的惊叫，发出巨大的轰鸣，笔直地朝空中飞去了。

"赵小冬这堂课算完了！"李老师喃喃自语。

大王老师只是叹了一口气。看来他的万米纪录也没多大用处！

他们急急忙忙赶回学校。

就在离学校大门不远的地方，李老师忽然捏闸，停下自行车。大王老师也猛地收住脚步。

他们发现校门口有个奇怪的小东西！

他们连忙躲到一棵大树后。

这正是那个在电影院门口一闪就不见了的小人儿。大王老师这回看清了：小人儿浑身上下都跟赵小冬一模一样，只不过要小得多！不错，这正是他们俩拼命想追到，却连边儿也没沾着的赵小冬的心！他已经遨游过太空，回到地球上来了，多快！

那个小人儿把两只手插在裤袋里，正在校门口徘徊，好像有点儿拿不定主意：进去呢，还是不进去？

大王老师猛然从树后冲出去，一把抓住那个小人儿：

"这回看你往哪儿跑！"

小人儿在大王老师手里挣扎，怎么也挣不脱。

两位老师进了校门，李老师说：

"学生们瞧见，准围上来看，放下他吧！"

大王老师说："他要是再钻进火箭里怎么办？怕瞧见，藏起来不就得了？"

大王老师把那个小人儿塞进自己上衣里。他在大王老师胸前乱撞，弄得大王老师怪痒痒的。

这时候，下课的铃声响起来。大王老师忽然觉得他的胸前空了。他喊一声："糟糕，他又跑啦！"

李老师说："别着急，不是跑了，是回到赵小冬身上去了。赵小冬的心就是这脾气：只要下课铃声一响，他马上回到赵小冬胸膛里去，比闪电还快呢！"

真的！四年三班教室的门打开了，赵小冬抱着小足球，第一个冲出来，活蹦乱跳，像个撒欢儿的小马驹子。

大王老师喝了一声："赵小冬，你过来！"

赵小冬不知发生了什么事,走过来了。

李老师问他:“小东,这堂算术课,你好好听了吗?”

赵小冬说:“好好听了呀!”

大王老师生气地说:“就这么‘好好听’呀?又是回家吃糖,又是逛公园,又是打鸟儿……嗯,还上了趟火星!”

赵小冬一听,吓了一大跳——他上课想的那些,大王老师怎么会知道?

李老师见他发呆,和蔼地对他说:

“想开锁拿糖,进公园打鸟,当然不对;想去探索宇宙的秘密,这并没什么不好。不过你应该知道,要想将来征服太空,你就得一步步做起,学好每一堂课。四年级学生,已经是大孩子了,应该学会管住自己的心!”

赵小冬低下头,脸红了。

管住自己的心可不容易,我也不知道赵小冬做到了没有。你要是想知道,自己去问问赵小冬吧!

英雄出少年!少年不成英雄,后面的路将更难走……

一开始，就不让它错

◎ 刘 墉

今天下午我请你帮忙包画册，你居然把沉重的书由地下室抬到二楼，再打开冷气和电视，一面看热门音乐节目，一边蹲在地上包书。

当我很不高兴地指责你，为什么把书运上楼，又采取那么吃力不讨好的姿势包书时，你态度欠佳地回话：

“你怎么不想想，我在包过几十本之后，自然会发展出比较好的方法？而且我不在乎上下搬，我有体力！”

对于你贪图冷气和电视节目这一点，我不打算多说，却要严正地告诉你：做事之前不计划，便匆匆下手，心想可以从错误中摸索的态度，在三十年前或许可行，用到今天却错了！

你或要说：“从错中学有什么不对？”

那么我要问，为什么不一开始就做对呢？

当一群人竞争的时候，哪种人能获胜？当然是“错得少的人”！这就好比开车，在不赶时间的情况下，你可以说“慢慢找嘛！错了再掉回头，总会碰上的！”但为什么不想想，如果能先看好地图，勾出路线，你就不必慢慢找，也就不必掉回头。于是省下了时间，可以做些其他的事！

“时间！”这正是问题的重心！三十年前车子少，你可以掉头。今天处处是单行道，只怕你错过一个出口，就要用上很长的时间；才能找回去。而且车子多，你漫无头绪，容易出车祸。你没看见连计程车里都贴着条子，不接受“原地回转”吗？结果这“慢慢找”是费课时，又不安全的。

如此说来，为什么要匆匆行动呢？

你今天就犯了匆匆出发的毛病！

在这一切讲求效率的时代，不先计划，就匆匆动手的人，未行动之前，已经注定了失败！不了解敌情，就匆匆出兵的人，在未开枪之前，已经注定了战败，而那战败，很可能便是死亡。

我曾在报上读到一条新闻，有个人离奇地死在车子的驾驶座上，头则伸在窗外，被电线杆和自己的车身夹得血肉模糊。调查的结果是那人在黑夜倒车，头伸向窗外，想看清后面的路，结果路还没看清，先倒了车。

这不就是匆匆行动造成的惨剧吗？

记住！今天这个时代与三十年前完全不同了！农业时代靠口传心授得到知识和勤苦练习得到技术。但是现在科技通信发达，你就算完全没有认识，也可以获得足够的资讯；即便毫无技术，也有适当的机械供你使用，所以人们可以在完全不摸索的情况下，就找到捷径，获得成功。

换句话说，那等着由错误中摸索的人，则必然要遭到落后和失败的命运！

请不要说你现在还小，所以要跟着大人慢慢学。因为十八岁已经不小，今天这世界上许多年轻人，二十岁不到便崭露了头角，那是丝毫不让所谓成人专美于前的，有风格、有魄力、有经验！

哪里得来的经验？

书本上！电脑中！自己的分析实证！

现在的科技能用电脑模拟核子试爆，能在室内制造浪潮和强风，能在模拟飞行具里训练飞行员；能在电脑上演奏交响乐！

那些年轻人正因为知道使用科学辅助，加上没有过去工作的包袱，敢于驰骋自己的想象力，所以能有惊人的成就！

“英雄出少年”，这句话说了千百年，今天却比过去任何时候正确！我们甚至可以说：少年不成英雄，后面的路将更难走！如同一大群人赛跑，如果你不能一开始就站到大前，只怕因为前面挤满了人，即使你跑得快，也无法发挥！

现在回到本题！你知道台北书局的一个工人，一天能包多少本这样的书吗？

四百本！而你呢？七本书竟包了半个小时！

为什么有这样大的差异？

因为他们运用桌面和墙壁顶着纸盒，不让它滑动，再准确地贴上胶条。在工作之前，先研究了方法，所以能有最高的效率！

“从错误中摸索”，这个词已经过时！今天我们要说：“用思想！用方法！用工具！从一开始，就不让它错！”

娇女篇

◎ 席慕蓉

记小女儿

人世间的匹夫匹妇，一家一计的过日子人家，岂能有大张狂，大得意处？所有的也无非是一粥一饭的温馨，半丝半缕的知足，以及一家骨肉相依的感恩。

女儿的名字叫晴晴，是三十岁那年生的。强说愁的年龄过去了，渐渐喜欢平凡的晴空了。烟雨村路只宜在水墨画里，雨润烟浓只能嵌在宋词的韵律里，居家过日子，还是以响蓝的好天气为宜，女儿就叫了晴晴。

晴晴长到九岁，我们一家去恒春玩。恒春在屏东，屏东犹有我年老的爹娘守着，有桂花、有玉兰花以及海棠花的院落。过一阵子，我就回去一趟。回去无事，无非听爸爸对外孙说：“哎哟，长得这么大了，这小孩，要是在街上碰见，我可不敢认哩！”

那一年，晴晴九岁，我们在佳洛水玩。我到票口去买票，两个孩子在一旁等着，做父亲的一向只顾摆弄他自以为得意的照相机。就在这时候，忽然飞来一只蝴蝶，轻轻巧巧就闯了关，直接飞到闸门里面去了。

"妈妈！妈妈！你快看，那只蝴蝶不买票，它就这样飞进去了！"

我一惊。不得了，这小女孩出口成诗哩！

"快点，快点，你现在讲的话就是诗，快点记下来，我们去投稿。"

她惊奇地看着我，不太肯相信：

"真的？"

"真的。"

诗是一种情缘，该碰上的时候就会碰上，一花一叶，一蝶一浪，都可以轻启某一扇神秘的门。

她当时就抓起笔，写下这样的句子：

我们到佳洛水去玩，
进公园要买票，
大人十块钱，
小孩五块钱，
但是在收票口，
我们却看到一只蝴蝶，
什么票都没有买，
就大模大样地飞进去了。
哼！真不公平！

"这真的是诗哇？"她写好了，仍不太相信。直到九月底，那首诗登在《中华儿童》的"小诗人王国"上，她终于相信那是一首诗了。

及至寒假，她快十岁了，有天早上，她接到一通电话，接到电话以后她又急着要去邻居家。这件事并不奇怪，怪的是她从邻家回来以后，宣布说邻家玩伴的大姐姐，现在做了某某电视公司儿童节目的助理。那位姐姐要她去找些小朋友来上节目，最好是能歌善舞的。我和她父亲一时目瞪口呆，这小孩什么时候竟被人聘去做“小小制作人”了？更怪的是她居然一副身膺重命的样子，立刻开始筹划。她的程序如下：

一、先拟好一份同学名单，一一打电话。

二、电话里先找同学的爸爸妈妈，问曰：“我要带你的女儿（儿子）去上电视节目，你同不同意？”

三、父母如果同意，再征求同学本人同意。

四、同学同意了，再问他有没有弟弟妹妹可以一起带来？

五、人员齐备了，要他们先到某面包店门口集合，因为那地方目标大，好找。

六、她自己比别人早十五分钟到达集合地。

七、等齐了人，再把他们列队带到我们家来排演，当然啦，导演是由她自己荣任的。

八、约定第二、三次排练时间。

九、带她们到电视台录像，圆满结束，各领一个弹弹球为奖品回家。

那几天，我们亦惊亦喜。她什么时候长得如此大了，办起事来俨然有大将之风，想起《屋顶上的提琴手》里婚礼上的歌词：

这就是我带大的小女孩吗？

这就是那戏耍的小男孩？

什么时候他们竟长大了？

什么时候呀？他们……

想着，想着，万感交集，一时也说不清悲喜。

又有一次，是夜晚，我正在给她到香港小留的父亲写信，她拿着一本地理书来问我：

“妈妈,世界上有没有一条三寸长的溪流?”

小孩的思想真令人惊奇。大概出于不服气吧,为什么书上老是要人背最长的河流,最深的海沟,最高的主峰以及最大的沙漠?为什么没有人理会最短的河流呢?那件事后来也变成了一首诗:

我问妈妈:

“天下有没有三寸长的溪流?”

妈妈正在给爸爸写信,

她抬起头来说:

“有——

就是眼泪在脸上流”

我说:“不对,不对——

溪流的水应该是淡水。”

初冬的晚上,两个孩子都睡了。我收拾他们做完功课的桌子,竟发现一张小小的宣传单,一看之下,不禁大笑起来。后生竟是如此可畏,忙叫她父亲来看。这份宣传单内容如下:

你想学打毛钱吗?教你钩帽子,围巾,小背心。一个钟头才二元噢!(毛线自备或交钱买随意)。

时间:周一至周六早上,周日下午。

寒假开始。

需者向林质心登记。

这种传单她写了许多份,看样子是广做宣传用的。我们一方面惊讶她的企业精神,一方面也为她的大胆吃惊。她哪里会钩背心,只不过背后有个奶奶,到时候现炒现卖,想来也要令人捏冷汗。这个补习班后来没有办成,现代小女生不爱钩毛线,她也只有自叹无人来续绝学。据她自己说，她这个班是“服务”性质，一小时二元是象征性的学费，因为她是打算“个别教授”的。这点约略可信，因为她如果真想赚钱，背一首绝句我付她四元，一首律诗是八元，余价类推。这样稳当的“背诗薪水”她不拿，却偏要去“创业”，唉！

女儿用钱极省，不像哥哥，几百块的邮票一套套的买。她唯一的嗜好是捐款，压岁钱全被她成千成百地捐掉了。每想劝她几句，但劝孩子少做爱国捐款，总说不出口，只好由她。

女儿长得高大红润，在班上是体型方面的头号人物，自命为全班女生的保护人。有哪位男生敢欺负女生，她只要走上前去瞪一眼，那位男生便有泰山压顶之惧。她倒不出手打人，并且一本正经地说：“我们空手道老师说的，我们不能出手打人，会打得人家受不了的。”

俨然一副名门大派的高手之风，其实，也不过是个“白带级”的小侠女而已。

她一度官拜文化部部长，负责一个“图书柜”，成天累得不成人形。因为要为一柜子的书编号，并且负责敦促大家好好读书，又要记得催人还书，以及要求大家按号码放书……

后来她又受命做卫生排长，才发现指挥人扫地擦桌原来也是那么复杂难缠，人人都嫌自己的工作重，她气得要命。有一天我看到饭桌上一包牛奶糖，很觉惊奇，她向来不喜甜食的。她看我挪动她的糖，急得大叫：

“妈妈，别动我的糖呀！那是我自己的钱买的呀！”

“你买糖干什么？”

“买给他们吃的呀，你以为带人好带啊？这是我想了好久才想出来的办法呀！哪一个好好打扫，我就请他吃糖。”

快月考了，桌上又是一包糖。

“这是买给我学生的奖品。”

“你的学生？”

“是呀，老师叫我做××的小老师。”

××的家庭很复杂，那小女孩从小便有种种花招，女儿却对她有百般的耐心，每到考期女儿自己不读书，却累得上气不接下气地教她。

“我跟她说，如果数学考四十五分以上就有一块糖，五十分两块，六十分三块，七十分四块，……”

“什么？四十五分也有奖品？”

“啊哟，你不知道，她什么都不会，能考四十分，我就高兴死啦！”

那次月考，她的高足考了二十多分，她仍然赏了糖。她说：

“也算很难得啰！”

我正在聚精会神地看一本书，她走到我面前来：

“我最讨厌人家说我是好学生了！”

我本来不想多理她，只嗅了一声，转而想想，不对。我放下书，在灯下看她水蜜桃似的有着细小绒毛的粉脸：

“让我想想，你为什么不喜欢人家叫你‘好学生’。哦！我知道了，其实你愿意做好学生的，但是你不喜欢别人强调你是‘好学生’。因为有‘好学生’，就表示另外有‘坏学生’，对不对？可是那些‘讲学生’其实并不坏，他们只是功课不好罢了。你不喜欢人家把学生分成两种，你不喜欢在同一个班上有这样的歧视，对不对？”

“答对了！”她脸上掠过被了解的惊喜，以及好心意被窥知的羞赧，语音未落，人已跑跑跳跳到数丈以外去了。毕竟，她仍是个孩子啊！

那天，我正在打长途电话，她匆匆递给我一首诗：

“我在作文课上随便写的啦！”

我停下话题，对女伴说：

“我女儿刚送来一首诗，我念给你听，题目是‘妈妈的手’”——

婴孩时——

妈妈的手是冲牛奶的健将，

我总喊：“奶，奶。”

少年时——

妈妈的手是制便当的巧手，

我总喊：“妈，中午的饭盒带什么？”

青年时——

妈妈的手是找东西的魔术师，

我总喊：“妈，我东西不见啦！”

新娘时——

妈妈的手是奇妙的化妆师，

我总喊：“妈，帮我搽口红。”

中年时——

妈妈的手是轻松的手，

我总喊：“妈，您不要太累了！”

老年时——

妈妈的手是我思想的对象，

我总喊：“谢谢妈妈那双大而平凡的手。”

然后，我的手也将成为另一个孩子思想的对象。

念着念着，只觉哽咽。母女一场，因缘也只在五十年内吧！其间并无可以书之于史，勒之于铭的大事，只是细细琐琐的俗事俗务。但是，俗事也是可以入诗的，俗务也是可以萦人心胸，久而芬芳的。

世路险巇，人生实难，安家置产，也无非等于衔草于老树之巅，结巢于风雨之际。如果真有可得意的，大概止于看见小儿女的成长如小雏鸟张目振翅，渐渐地能跟我们一起盘桓上下，并且渐渐地既能出入青云，亦能纵身人世。所谓得意事，大约如此吧！

心田上的野百合

◎ 林清玄

在一个偏僻遥远的山谷里，有一个高达数千尺的断崖。不知道什么时候，断崖边上长出了一株小小的百合。百合刚刚诞生的时候，长得和杂草一模一样。但是，它心里知道自己并不是一株野草。它的内心深处，有一个内在的纯洁的念头：“我是一株百合，不是一株野草。唯一能证明我是百合的方法，就是开出美丽的花朵。”有了这个念头，百合努力地吸收水分和阳光，深深地扎根，直立地挺着胸膛。终于在一个春天的清晨，百合的顶部结出了第一个花苞。

百合心里很高兴，附近的杂草却很不屑，它们在私底下嘲笑着百合：“这家伙明明是一株草，偏偏说自己是一株花，还真以为自己是一株花，我看它顶上结的不是花苞，而是头脑长瘤了。”公开场合，它们则讥讽百合：“你不要做梦了，即使你真的会开花，在这荒郊野外，你的价值还不是跟我们一样？”

百合说：“我要开花，是因为我知道自己有美丽的花；我要开花，是为了完成作为一株花的庄严使命；我要开花，是由于自己喜欢以花来证明自己的存在。不管有没有人欣赏，不管你们怎么看我，我都要开花！”

在野草的鄙夷下，野百合努力地释放内心的能量。有一天，它终于开花了。它那灵性的洁白和秀挺的风姿，成为断崖上最美丽的颜色。这时候，野草再也不敢嘲笑它了。百合花一朵一朵地盛开着，花朵上每天都有晶莹的水珠，野草们以为那是昨夜的露水，只有百合自己知道，那是极深沉的欢喜所结的泪滴。

年年春天，野百合努力地开花、结籽。它的种子随着风，落在山谷、草原和悬崖边上，到处都开满洁白的野百合。

几十年后，远在百里外的人，从城市，从乡村，千里迢迢赶来欣赏百合开花。许多孩童跪下来，闻嗅百合花的芬芳；许多情侣互相拥抱，许下了“百年好合”的誓言；无数的人看到这从未见过的美，感动得落泪，触动内心那纯净温柔的一角。

不管别人怎么欣赏，满山的百合花都谨记着第一株百合的教导：

“我们要全心全意默默地开花，以花来证明自己的存在。”

第三辑 骑木桶的女巫

不过晒在阁楼上的那些咸鱼的味道非常难闻，其中一条大咸鱼都有点发臭了。为了忘掉咸鱼，我开始数星星，等我数到第六百四十七颗星星的时候，一个黑影突然飞过树梢，接着落在了我家的院子里。我急忙探出头来，只见她穿着过膝的黑色长袍，戴着一顶碎花尖帽，肩膀上还趴着一只黑猫。她一定就是女巫了，只是传说中的女巫都是骑着扫帚的，为什么她骑的却是一只木桶呢？

走在路上

◎ 梅子涵

小远带奶奶去看电影。是的，现在是他带奶奶去看电影了。他十四岁了，长大了。奶奶已经整七十，老了。一个人老了以后就会像小孩一样，上街、看电影都要人带。

电影是学校包场的，《海狼》，看过的人都说紧张极了。吴成成生病没来，多出一张票。“卖给我好吗？”小远对负责分票的文娱委员苏琴说。他身上正好有两毛钱，便突然决定要把这张多余的票买下，带奶奶一起去看。真的是突然决定的，说不大清是什么原因。人是经常会恍恍惚惚地就突然决定要去做一件什么事情的。

可是现在他真后悔买了这张票。你看看奶奶的动作有多慢，慢极了。两点十分的电影，从家里走到“东宫”要二十分钟——是按小远的速度走，按奶奶的速度当然远远不够。一点十分小远就叫了：“快点了，快点了，奶奶，一点十分了。”

“就好了，就好了。”奶奶连忙说。可是慢吞吞，慢吞吞，大房间摸到小房间……已经一点二十分了。

“奶奶，怎么这么慢，到现在还没有好！”小远又叫道。

“就好了，就好了。”奶奶连忙说，并且慌慌忙忙地在房里奔起来，“咚咚咚”的，可是仍旧没有好，厨房间摸到走廊……已经一点半了。

“再不好我就走了，电影都要开场了，这么慢，谁像你这么慢！”小远大吼起来。他简直想甩手就走，不带奶奶走了。真不该为她买票。以前小远一个人看电影，总是一丢下饭碗就往同学家跑，先等闵建华，再等王世长，然后一路上打打闹闹，说说笑笑，还可以到第九百货大楼痛痛快快地挤挤、看看、玩玩……可是今天却要等啊等啊，不等吧，让奶奶自己去，她又搞不清楚，穿那么多横马路，路上有那么多车子……人老了真有些讨厌。

奶奶总算笨手笨脚地穿好了鞋子，跟着小远出了家门。现在是一点三十五分。

小远自顾地走着，把奶奶撇开了好几米，好像不是他带奶奶去看电影，而是自己一个人去看。工业大学对面的围墙里在建造一座卫星接收站，拉起的电线简直像密密的蜘蛛网。小远停了停，想等奶奶走上来后告诉她这里在建人造卫星接收站。可是……算了，别告诉她了，告诉她她也不懂，她怎么会懂卫星接收站。小远发现奶奶不懂的事情实在太多了，譬如说……实在不知说哪件好。譬如隔壁刘星的二哥在手表厂当团支部书记，奶奶总是说：“你看，人家星星的阿哥当党委书记了。”

小远立即纠正说：“你专门瞎讲，根本不是党委书记，是团支部书记。”

“团……书记？”奶奶说也说不清楚地问。可是过了几天，她又说党委书记了，跟她简直缠不清。

再譬如，楼下叶平考取了技校，奶奶总要说叶平考取了体校。“技校！”小远不耐烦地纠正道，“什么体校，体校是学体育的。”

可是奶奶仍旧是“体校、体校”地挂在嘴上。

再譬如，小远早晨起得迟，来不及吃早饭，有时就叫奶奶给买个鸡蛋面包让他一边走一边吃，可是奶奶却买了个一般性的甜面包。小远朝奶奶嚷起来：“我叫你买个鸡蛋面包，鸡蛋的，你偏要买这种的，这种的才一毛钱，一毛钱的谁要吃，里面没有鸡蛋。”

可是奶奶说，面包还不都是一样的……

面包怎么会都是一样的？鸡蛋面包是在食品店买的，这种一般性的甜面包是在粮店买的，而且外面不包纸头。可是跟她就是讲不清楚。

她只知道小菜场里的事。今天青菜多少钱一斤；水果店旁边那个摆豆腐摊的，家住在杨家洪的哪条街上；这个月每家能买几斤计划蛋……全是这些。谁愿意听这些！又不是老太婆，又不是家庭妇女。

你说，和她有什么可多说的？

不过，小时候……

小时候，小远老要趴在奶奶的肩膀上，让奶奶背着到马路上去玩。那时候，爸爸妈妈都在农场。爸爸没考取大学，妈妈没考取高中，都是1963年就到农场去了。两岁的时候，小远就跟着奶奶生活。奶奶的肩膀真宽真软，趴在上面舒服极了。奶奶背着他满街走，到处走。到海州路菜场前的马路上看耍猴子，到劳工医院旁边的大棚子里看戏，到兵营左面的拐角上看套圈圈、看打气枪……那时候小远什么都不懂，什么都要问，奶奶什么都能告诉他，于是他就一点点地懂了。

“奶奶，这是什么戏啊？”

“黄梅戏。”

“那怎么不穿黄的衣服而穿红的衣服？”

“黄梅戏也穿红的衣服。”

“奶奶，这种枪和那边站岗的解放军叔叔的枪一样吗？”

“不一样，这种枪是打鸟的。”

“你说和平鸽子是鸟吗？”

“和平鸽子也是鸟。”

“那么为什么叫它和平鸽子？”

“鸟有好多种呢，麻雀也是鸟，但是都叫它麻雀。小燕子也是鸟，不是叫它小燕子吗？燕子最聪明了，今天把窝做在你家，明年还会飞回来，不会飞错的，它认识。要是哪一个把它的窝掏了，那它就再不会飞回来了，燕子会记仇的。”

这些事，小远也许忘了，也许想一想还记得起来。小远，你还记得起来吗？

小远走走停停，等一下奶奶，不把距离拉得太大。如果由着他的性子，放开步子走，老早就把奶奶甩得无影无踪了。他是什么腿劲？初中田径队的。初中一年级开学时，学校选拔田径队员，他的六十米成绩是第二名。一个学生在作文里形容他跑得快：“快得像苍鹰一样。”老师讲评时把作文念了出来，他于是就被几个男生取了绰号叫苍蝇，还好，叫了几天就不叫了。

奶奶走得慢透了，像小脚老太婆一样。不过奶奶并不是小脚，而是大脚。小时候，因为隔壁星星家的山东奶奶是小脚，所以小远就特地喊自己的奶奶为大脚奶奶。

奶奶的脚是很大的，像男的一样。就像她的肩膀很宽，像男的肩膀一样。奶奶背着他到处走，熟人看见了就说：“小远，不好叫奶奶背的，奶奶老了，背不动，会摔跤的。”

“奶奶不会摔跤，奶奶是大脚。”他说。

奶奶不会摔跤,走在路上看见一摊水,她还能跳过去,稳稳地,小远趴在肩上都不感到颠。谁说奶奶老了,六十岁的时候她还申请到街道冶炼厂当临时工拉劳动车呢。里弄小组长帮忙,厂里居然糊里糊涂地收了她。本来每个月爸爸妈妈寄四十块钱来是不够用的,现在奶奶也挣钱,钱就够用了。小远吃得好了,新衣服也多了。这时他是四岁。

奶奶说:"小远,奶奶要去拉车车了,你趴在窗口看奶奶,什么地方也不要去。"

他很听话,就趴在窗口看奶奶。一会儿奶奶就到了,沿着门口的石子路朝祠塘桥那儿的废料场走去。一根宽宽的背带绷紧在奶奶肩上,"吧嗒,吧嗒……"那双大脚的声音。

"奶奶,奶奶——"他叫道。

"哎,哎……"奶奶笑着答应。宽宽的带子绷在她肩上,脸痉挛着,笑容也在抽动。

每天,奶奶要拉三个小时车,从门口的路上走过六次。

有一天,小远不再趴在窗口看了。当奶奶拉着车经过门口时,他站在一棵高高的梧桐树下。天气多热啊,正是夏天。人家的奶奶外婆都在睡午觉,他的奶奶在拉车子。

"奶奶,你揩揩汗!"他奔到奶奶跟前,送上了一块凉丝丝的浸过井水的毛巾。奶奶头上脸上的汗像珠珠一样往下滚。"奶奶,还有茶!"茶也是放在井水里浸过的,冰冰凉。

奶奶揩了汗,喝了茶,说:"小远,你不要到外面来,外面热,好辣的太阳。还是趴在窗口看奶奶,窗口有风,凉快。"

"外婆,外婆,买根棒冰,奶油的!"一个小孩在对他外婆说。

"没奶油的,买绿豆的吧,你一天要吃几根棒冰?"那个穿得清清爽爽、富富态态的外婆说。

“我不要奶奶买棒冰，绿豆的也不要。”小远说，他不知为什么要这样说。

可是奶奶却走去买了根棒冰，她口袋里掏出来的钞票都被汗浸湿了。

小远接过棒冰，脸上似乎很有些不好意思。“奶奶咬一口！”他把棒冰伸到奶奶嘴边。

“奶奶不咬，远远吃。”

奶奶又拉着车走了。小远重新趴在窗口，等着奶奶。窗口有风，很凉快，还能看到黄浦江里轮船的烟囱和旗杆。“知了——知了——”刚才他站着等奶奶的那棵梧桐树上有只知了在死命地叫着，把天叫得更热了。有一个人走过去，撑了把花伞。又有个人走过来，戴了顶太阳帽。这几个人是去游泳的，拿着游泳裤，穿着海绵拖鞋……奶奶又走过来了，肯定是奶奶，虽然浓浓的树荫遮住了，可是那“吧嗒吧嗒”的脚步声，小远听得出。果然是奶奶。大概是脸上的汗遮断了视线，奶奶使劲抹了把汗，才朝他笑起来。奶奶要是撑把伞有多好……小远这么想。太阳光把奶奶的影子照在地上，奶奶走得不见了，那影子也消失了。

这些事情，小远也许也忘了，也许想一想还记得起来。小远，你还记得起来吗？

这时，闵建华和王世长奔过来，不知为什么，他们今天也去得这样迟。“快奔啊，陈小远，要迟到了。”他俩朝小远叫道，又像撵魂一样地奔掉了。

要迟到了！小远恼火地想。这么紧张的电影，迟到了还有什么劲。他狠狠地扭过头，看着奶奶。全是你，慢吞吞慢吞吞……

哦，小远突然发现奶奶走路时背弓得这么厉害，踉踉跄跄的，让人看一眼都觉得怪可怜的。奶奶变得多老啊！小远天天和奶奶在一起，却没有注意奶奶已经这样老了。他也没工夫去注意奶奶，他有多忙啊，读书，做功课，田径队训练，打篮球，到同学家去玩……

小远停下了，转过身等着奶奶。一瞬间，他突然觉得自己应该等一等奶奶，搀着奶奶一起走。

奶奶以为小远又要朝她大叫大嚷了，赶紧跑了几步。

“别跑别跑，奶奶！”小远连忙说，迎着奶奶奔上去……

狼　妻

◎ 沈石溪

一、捕兽铁夹夹住了一只大公狼

我们放置在小路上的捕兽铁夹夹住了一只大公狼。沉重的铁杆正好砸在它的脑袋上，我们看见它时，它已经死了。我们把它拖回来将狼皮整张剥了下来。

入夜，我和强巴坐在牦牛皮缝制的帐篷里，点起一盏野猪油灯，喝着醇酽的青稞酒，天南海北地闲聊。我们正聊得高兴，突然，外面传来"嗷嗷"的狼嚎，声音高亢凄厉，就像婴孩在啼哭。

"狼来了！"我紧张地叫了起来。

"还远着呢，它在五百米外的乱石沟里，因为顺风，所以声音传得很远。"强巴轻描淡写地说。

狼嚎声一阵紧似一阵，如泣如诉，叫魂哭丧，很不中听。我说："难怪有句成语叫鬼哭狼嚎，果然是世界上最难听的一种声音。"

"普通的狼嚎没有那么刺耳。"强巴说，"这是一只马上就要产崽的母狼，公狼不在身边，所以越叫越凄惨。”说着他瞟了一眼晾在帐篷上的那张狼皮，不无同情地说：“它不知道它的老公已经死啦，唉，这只母狼要倒霉了，它产下狼崽后，没有公狼陪伴照顾，它和它的儿女是很难活下来了。”

强巴不愧是在山林闯荡了三十多年的经验丰富的猎人，不仅能听懂不同的狼嚎声，而且对狼的生活习性有很深的了解。

很多研究资料表明，分娩期和哺乳期的母狼，是无法像雌性猫科动物那样，独自完成产崽和养育后代的过程的。最主要的原因是：猫科动物以埋伏奇袭为主要猎食方式，而犬科动物习惯长途追击捕捉猎物；刚产下幼崽身体虚弱的母狼，没有足够的体力去远距离奔袭获得食物。因此，狼社会普遍实行的是单偶家庭制，公狼和母狼共同承担养育后代的责任。

我又喝了满满一木碗青稞酒，耳酣脸热之际，突然冒出一个怪念头：如果我把大公狼的皮裹在身上，跑去找那只即将分娩的母狼，会怎么样呢？冒名顶替成功的话，我就能走进狼窝，揭开狼的家庭生活的秘密，获得极其珍贵的科学研究资料！

我把自己的想法告诉了强巴，他吓了一大跳，结结巴巴地说：“这……这行得通吗？它不是瞎眼狼，它……它一眼就能认出是真老公还是假老公的。”“不会的。”我很自信地说，“狼主要是靠嗅觉来识别东西。动物行为学有一个著名论断：哺乳类动物是用鼻子思想的，对狼来说，鼻子闻到的比眼睛看到的重要得多，也真实得多。我身材瘦小，和一只大公狼也差不了多少，我裹着公狼皮，浑身都是它所熟悉的公狼气味，能骗过它的。”

“万一它朝你扑来怎么办？”“我有这个。”我拍拍插在腰间防身用的左轮手枪，“对付一只大肚子母狼，还不是小菜一碟？”

我从小就喜欢冒险，喜欢做别人没做过的事。在青稞酒的助兴下，我荒诞的念头变成了一种无法抑制的渴望和冲动。

我把外衣裤脱了，将还没晾干的狼皮胡乱缝制了几针，像穿连衣裙似的套在身上，时值初秋，在身上穿一件狼皮衣裳，冷暖还蛮适合的。

二、我披着狼皮走进狼窝

乌云遮月，山道一片漆黑。我提着一只鸡，作为“丈夫”馈赠妻子的礼物，循着狼嚎声，朝前摸去。

走了约五百米，果真有条乱石沟，怪石嶙峋，阴森恐怖。我一踏进石沟，近在咫尺的狼嚎声戛然而止，四周静得让人发慌。一股冷风吹来，我忍不住打了个寒战，肚子里的酒全变成了冷汗。

我清醒过来，我怎么那么愚蠢，揣着小命往狼窝钻？哺乳动物用鼻子思想的，这话能当真吗？说不定是哪个伪学者胡诌出来沽名钓誉的。母狼干吗非得用鼻子思想？难道它的眼睛就不能帮助它思考问题吗？就算这个论断是正确的，万一它上呼吸道感染鼻子堵住了呢？我越想越害怕，趁现在母狼还没发现自己，三十六计走为上。

我刚要转身溜之大吉，突然，我前方七八米远的一块磐石后，出现两点绿光，闪闪莹莹，就像乱坟岗上的磷火。

现在不想干也不行了，我浑身觳觫，学着狼的模样，趴在地上，暗中拔出手枪，上了顶膛火，为自己壮胆。

“嗷——”传来一声悠悠长长的嗥叫，微型灯笼似的两点绿光飘曳似的向我靠近。月亮从两块乌云间的空隙里露出来，借着短暂的光亮，我看见这是一只高大健壮的黑母狼，唇吻很长，露出一口尖利的白牙。它腆着大肚子，一面缓慢地朝我走来，一面伸长脖子抖动尖尖的耳郭，耸动发亮的鼻吻，做出一副嗅闻状。它这是在验明正身呢！

我一颗心陡地悬吊起来。我身上除了公狼的气味，还有人的气味和酒的气味，我担心它会闻出蹊跷，闻破秘密，闻出我是杀害它真正丈夫的凶手。这样的话，它不同我拼命才怪呢。

我食指扣住扳机，枪口对准它的脑袋，但没舍得打。一篇精彩的博士论文比一次普通狩猎重要多了。不到最后关头我不能放弃努力。我打定主意，要是它走到离我三步远的地方还不停步，我就只好开枪了。

它好像猜透我的心思，不远不近，就在离我三步的地方停住了，定定地望着我，胸脯一起一伏地呼吸着，用鼻子对我辨别真伪。

我不能无所作为地等着它解除怀疑。我想起手中还有一只鸡，赶紧扔过去，它立刻用前爪按住鸡，仔细嗅闻起来，闻了一阵后，闷声不响地蹲坐下来。

我看不清它的表情，但我在一本教科书上看到过这样的介绍，犬科动物一旦蹲了下来表示还没有进攻的企图。我稍稍放宽了心。接着，我又捏着鼻子压低喉咙学了一声狼嚎。我们研究所里专门有一盘进口的各种各样狼嚎的原版录音带，为了应付野外考察，我曾像唱卡拉OK似的跟着录音机操练过。我叫得平缓舒展，尾音还渐沉两个八度，据资料介绍，这种声调表示两只熟识的狼见面后互相致意问好。但愿这录音带不是假冒伪劣产品。

我要发出嗥叫，没想到，黑母狼像触电似的跳了起来，眼光更绿得可怕。完了，我想我又做了件蠢事。我虽然跟着录音机模拟过狼嚎，但不可能像真的狼嚎得那么地道，就像业余爱好者怎么操练卡拉OK也学不会大腕明星特有的韵味一样。在黑母狼听来，我的嗥叫就像老外学中国话一样，洋腔走调，别扭难听，这真是不打自招啊。

果然它的尾巴唰地平举起来，教科书上说的，尾巴平举是即将扑咬的信号。它的喉咙深处传来低沉的咕噜声，那是咆哮的前奏。我紧张得浑身冒起鸡皮疙瘩，我不能再等了。我只有先下手为强了。我开始扣动扳机，就在这时，它奇怪地抖了抖身体，尾巴软绵绵地耷拉下来，已涌到舌尖的咆哮似乎也被它强咽下来。如果我没有记错的话，那是一种轻微的埋怨。我长长地嘘了一口气，松开了扳机。

黑母狼停止了对我的审查，迫不及待地对付爪下那只鸡。它看起来是饿极了，猛烈撕扯，快速吞咽，稀里哗啦，风卷残云。最多几分钟时间，一只四斤重的老母鸡就被它吃得差不多了。

我心里的一块石头这才落了地。我知道，狼是种机敏的动物，它若对我还有所怀疑的话，是不肯随便吃我扔给它的东西的。从理论上说，它接受了我的馈赠，也就表明接纳或者说承认我是它的"丈夫"了。

三、风雨之夜母狼产下三只狼崽

黑母狼匆匆吃完鸡，转身朝乱石沟深处奔去。它步履踉跄，可又一副心急火燎的样子，好几次被乱石绊倒哀嚎一声，又挣扎着往前跑。只有消防队员和急救中心的医生才像它这般匆忙焦急。

我手脚并用，跟在它后面爬。我只能爬，世界上还没有能用两足直立行走的超狼。爬就爬，这没什么了不起。人类的祖先不就是用四只脚走路的吗？我无非是为了工作暂时返祖而已。

黑母狼蹿过一棵高大的孔雀杉，绕过一片灌木丛，钻进一个石洞去。黑黢黢的石洞里，传来拉风箱般的喘息声，传来身体猛烈的扭动声。天空亮起一道闪电，我看见，石洞不大，有四平方米，黑母狼躺在石洞中央，身体底下有一摊血污。哦，它生产了。霎时间，我明白了，它之所以对我模仿得很拙劣的狼嚎声不予深究，草草结束了对我的审查，是因为它临近分娩，没有时间和精力再对我的真伪细细辨识。

我真幸运，如愿以偿走进了狼的家庭。

石洞里传来黑母狼痛苦的呻吟，我在洞外犹豫着，不知该不该进去。洞里有股浓烈的血腥味和骚臭味，说心里话，我是不愿意进去的，可我现在的身份是大公狼，吃点苦受点罪总是免不了的。

我捂着鼻子往洞里钻。“嗷—欧—”黑母狼娇弱无力地叫了一声，我一听就明白，只是欢迎我进洞。看来，狼的习惯和人差不多，妻子分娩时总是希望丈夫陪伴在身边。我把身体塞进洞里，脑袋伸在洞外，这样起码鼻子可以少受点罪。

半夜，老天下起了大雨，刮的是西南风，倾斜的雨丝顺着风势，直往石洞里灌。石洞又小又浅，我若离开洞口，冷风和雨点肯定对刚产下的幼崽是致命的威胁。我的实验也要夭折。我别无选择，只有将自己的身体权当一次雨伞，替他们挡住这该死的风雨。我被淋得像只落汤鸡，不，是落汤狼。时间一长，我冷得瑟瑟发抖，上下牙齿咯咯打仗，我快支持不住了，就在这时，一个毛绒绒的东西磨蹭着我的背。是黑母狼的脑袋靠在我的背上。唔，它是在感激我替它遮挡风雨。它理解我的行为，它懂我的心意。我心底涌起股暖流，风雨浇在身上好像也没有刚才那么冷了。

天亮时，雨才停住。我看见，黑母狼的怀里躺着三只可爱的小狼崽，他们细皮嫩肉，身体呈半透明状，绒毛细密，像锦缎般闪闪发亮。黑母狼是天底下最称职的母亲了，它用舌头舔掉小狼崽的尿，把小狼崽拉的屎用爪子推到角落里并用沙土盖起来，尽它的所能保持窝巢清洁卫生，减少会招来天敌的气味。

四、我尽力做个称职的丈夫

研究过动物的人都知道，动物界缺少父爱。绝大多数种类，例如老虎、山猫、野牛、雪兔等，雄性只在发情交配期间才跟雌性待在一起。一旦雌性怀孕后，雄性便会招呼也不打弃雌性而去。动物都是按快乐原则生活的，没有快乐只有受苦，雄性当然要躲得远远的。对于公狼为什么就能在母狼产崽期间自始至终陪伴在身边成了许多动物学家饶有兴味的研究课题。有的说，狼是一种高智商的动物，有最基本的血缘遗传概念；有的说，狼和人一样，天生具备一种父亲的责任感；有的说，公狼有一种苦行僧的特点，喜欢吃苦受罪。我却亲身体验到了另一种答案。

根据狼的特点，也根据母狼的需要，我每天下午外出猎食，也就是爬出母狼的视野后，走回我的观察站，吃饭洗澡，美美睡上几个小时，再拿起强巴给我买回来的鸡、鸭或兔，冒充我的狩猎成绩。让我感慨的是，每次我要出门前，黑母狼从不忘站起来走到我身边，用一种忧郁的、期待的、恋恋不舍的眼光长时间盯着我，伸出粗糙得像尼龙刷子似的狼舌，舔我的额头，发出“呜呜”的忧伤的声音，像是告诉我期待我早点归来。傍晚，我的身影出现在乱石沟，黑母狼会惊喜地轻嗥一声，从石洞里蹿出来迎接我。它跑到我的身边，不断地嗅闻我的身体，热情的眼睛像燃烧的火炭，喜滋滋地在我身边轻快地跳跃着，旋转着，明白无误地传递一个信息：见到我它非常高兴。有两次下雨，它也照样从石洞里蹿出来迎接我。

回到洞里，它并不马上进食，它会围着我带回去的猎物边嗅闻边转圈，脸上露出喜悦满意的表情，缠在我身边和我交颈厮磨。小狼崽会跑动后，黑母狼让他们也加入到这种就餐前的谢恩仪式中来。小家伙们憨态可掬，在我身上乱爬乱舔，欢快地“吱吱”叫着，小小石洞里，洋溢着一种和睦家庭浓浓的亲情。尽管我是个冒险走进狼窝的科学家，在这种时刻，我也强烈地体会到被他们重视被他们需要被他们依靠所带来的幸福感。我想如果我是一只大公狼，一定会被妻子儿女的歌功颂德所陶醉，一天的疲劳和艰辛也就得到了最大的精神补偿。我想知道，如果某一天，大公狼一无所获，黑母狼又该是一副什么面孔呢？

那天，我空着手回狼窝。黑母狼照例迎接我，我装出一副垂头丧气的样子，它跑到我身边朝我的手和嘴看了一眼，立刻明白发生了什么事。愣了一愣，但至多一两秒后便恢复了常态，兴高采烈地一丝不苟地表演它的欢迎仪式。并没有因为我没有带回食物而怠慢我敷衍我简化欢迎仪式。它自始至终没有哀嚎没有叹息，没有流露一点失望的表情，也没有任何抱怨和指责。我作为一个冷静的旁观者也不禁被它感动了。我要真是一只大公狼，此刻一定会心生内疚，明天即使赴汤蹈火，也要捕捉到猎物的。我不知道这是黑母狼特别聪慧特别懂生活，还是所有的母狼都具备这种感情素质。如果这是狼群的普遍行为，这或许可以解释公狼为什么在母狼生育和培养后代的漫长时间里忠贞不渝地待在母狼身边。

五、我用手枪打断金猫尾巴

那只金猫搅乱了狼这家子宁静的生活。

一连好几天，金猫像幽灵般的在石洞口徘徊，馋涎欲滴，鬼头鬼脑地往洞口张望，企图将小狼崽捉去当点心吃。金猫是一种中型猫科动物，体型和狼差不多大小，身手矫健，尤善爬树，是一种很难对付的猛兽。

黑母狼无法赶走金猫，又无法搬家，剩下的唯一办法就是加强防范。它整天待在石洞里，我外出时，它寸步不离，直到等我回来才出去喝水或是排泄。

尽管如此，恐怖的阴影仍越来越浓了。小狼崽一天天长大，断了奶，改吃母狼反刍出来的肉糜。他们已经会蹒跚行走，最健壮的黄崽子甚至会颠颠奔跑了。狼崽们生性活泼好动，稍不注意，他们就爬出洞外。每逢这时，黑母狼便如临大敌，“嗷嗷”厉声嗥叫，用脑袋顶，用爪子打，把小狼崽驱赶回洞。

哎，日子变味了，发霉了。黑母狼整天处于高度的紧张状态，吃不好睡不好，眼窝凹陷，胸肋暴突，一天比一天消瘦。有好几次，它睡得好好的，半夜突然惊跳起来，探出头去，朝孔雀杉发出凄厉的嗥叫。它一定是梦见金猫来叼它的小宝贝了。这样下去，我怀疑它会患精神分裂症变成一只疯狼的。

这天早晨，阳光明媚。外面精彩的世界就像磁石把小狼的心吸引住了，它们不顾一切翻过洞口的那道坎坎，连滚带爬到洞外玩。不见了金猫，也就听任小狼崽玩耍吧，不管怎么说，它们不是囚犯，它们有享受阳光和清新空气的权利。

小家伙们在铺满阳光的草地上嬉戏打闹。黄狼崽追逐一只红蜻蜓，跑到孔雀杉下去了，两只黑狼崽在灌木丛前扭成一团。就在这时，突然，乱石沟里刮来一股腥风，小路上耀起一片金光，那只该死的金猫，凶猛地朝毫无自卫能力的小狼崽扑了过去。

黑母狼全身狼毛竖立，嗥叫着，迎着金猫蹿上去，企图进行拦截。眼瞅着黑母狼就要扭住金猫了，狡猾的金猫那条和身体差不多长的饰有深褐色圆环的尾巴潇洒地在空中抡了个左旋，身体便倏地右转，直奔灌木丛两只黑狼崽。黑母狼火速右转，跳到灌木丛，把两只黑狼崽罩在自己身下。岂知金猫玩了个声东击西的把戏，又吱溜一转身，爬上孔雀杉，顺着横杈，疾走如飞，来到黄狼崽头顶。很明显，它要自上而下对黄狼崽下毒手了。远水救不了近火，黑母狼朝我发出一声救急的嗥叫。

我正趴在石头上晒太阳，离孔雀杉很近。按理说，我是个严守中立的旁观者，不该对大自然正常的生活横加干涉。可我现在的身份是大公狼，是狼丈夫和狼爸爸，倘若无动于衷，这也太不负责了。我边爬边运足气朝金猫吼了一声希望把它吓走。可能它认为我行动缓慢对我置之不理。眼看就要像张金网罩下来了，我来不及多想，掏出左轮手枪，朝树上开了一枪。半条猫尾和几片树叶一齐掉落下来。金猫惨叫一声，顿时逃得无影无踪，估计给它发个请柬，它也再不会回来了。

虽然在千钧一发之际救了黄狼崽，但我仍后悔不该贸然开枪。除了童话，世界上不可能有会开枪的狼。要是黑母狼识破了我的真实身份，就前功尽弃了。

黑母狼带着狼崽跑过来，我忐忑不安地看着它，它沉浸在解除巨大危机的喜悦中，似乎对枪声和火药味并不在乎。它叼起金猫尾，深情地凝望这我。看来，它已经习惯我当它的大公狼了。

六、黑母狼残忍地将狼嘴伸向我的颈脖

两个月一晃过去了，三只狼崽健康成长，已经变成半大的小狼了。黑母狼也恢复得毛光水滑，精神飒爽。昨天下午，它还替我去猎食，叼回一只小羊羔。

天气转凉，树叶飘零，草地泛黄。早晨起来，大地一片亮晶晶白茫茫，铺了一层清霜。从前天开始，每当皓月升空，黑母狼就会爬到山顶，对着月亮兴奋地发出一声声长嗥，传递着思念与渴望，声音高亢嘹亮，

具有极强的穿透力，在旷野传递得很远。

书上记载过孤狼嗥月，那是一种呼朋唤友式的呐喊。按照狼的生存习惯，一到深秋，分散在各处的狼就要纠集成群，许多个小家庭合并成一个大家庭，依靠群体的力量度过严酷的冬天。半大的小狼向父兄们学习并掌握狩猎技艺，在冰天雪地中磨炼筋骨和意志。来年春暖花开后，群狼又自动化整为零，寻找配偶，组成一个个小家庭。

一年一个轮回，这就是狼的生命历程。

今天下午，黑母狼又抢着出去觅食。天气干燥晴朗，石洞里暖融融的。我想，黑母狼已经把我当成它的大公狼了。证明哺乳动物是用鼻子思想的这个论断确实是真理，既然我能成功地瞒过黑母狼，那么也完全有可能瞒过其他狼，要是我能成为狼群的一员，我就能揭开狼群神秘的面纱，破译狼的全部生活密码，写出一部轰动世界的著作来……想着想着，眼皮发黏，睡着了。

突然，我觉得身上发冷，好像有谁在粗鲁地剥我的衣裳。我睁开蒙眬睡眼，黑母狼正叼着我裹在身上的那张狼皮，猛烈拉扯。我是在做噩梦吗？眨眼间我伪装的狼皮已被它剥了下来，我吓出一身冷汗，想翻身爬起来，可是太晚了，它吐掉狼皮，闪电般扑到我身上。狼的力气比我想象的还要大，动作也快疾麻利，它布满血丝的瞳仁里燃烧着复仇的火焰，从胸腔里发出“呦呦”的低嗥，白森森的尖利的狼牙直逼我的喉管，完全变成了一只兽性大发的恶狼！

我彻底清醒了，我真愚蠢，一直以为自己成功扮演了大公狼的角色，殊不知，什么也没有瞒过母狼。它装得多像啊，对我恋恋不舍又兴高采烈，还搞什么感恩仪式，闹了半天是它耍弄了我。这真是一只狡猾透顶的母狼，一个忍辱负重，委曲求全的母亲，一个天才的演员。

它成功利用我渡过了难关。现在它不再需要我，就像冬天过去不再需要一件破棉衣一样。在它眼里，我就是它的杀夫仇人。它一脸杀机，两只狼眼闪烁着刻毒的光，狼舌已舔到我的脖子。我一只手奋力顶住它的下巴颏儿，一只手去摸腰间的枪。左轮手枪不翼而飞，完了，它偷走了我的枪。

哺乳动物是用鼻子思想的论断真该好好推敲了，他们既用鼻子思想也用眼睛，更用脑子思想。

出于求生的本能，我胡乱踢蹬挣扎，两只手想去掐母狼的脖子，狼头一甩，避开我的手。我想抓石块，可是附近什么也没有，倒摸到了半条猫尾巴，情急之下塞进母狼嘴里。

料想不到的事情发生了，在猫尾砸到黑母狼脸上的一瞬间，它的身体颤抖了一下，停止了噬咬，强有力的爪子也威风锐减，绷得紧紧的身体松软下来，我趁机推开它，翻身爬了起来。黑母狼站在洞口怔怔地看着我，眼光游离在三只小狼身上，一片迷茫。它一声接一声凄然哀嚎，显得内心十分矛盾。

我觉得不能指望它良心发现，傻乎乎地站在这里等死。我慢慢移到洞底，抱起黑母狼最宠爱的黄小狼，准备朝黑母狼抡打，打碎它母亲的心，打得它灵魂出窍，然后逃之夭夭。

就在这时，洞外传来嘈杂的狼嗥声。

七、黑母狼对我这个假丈夫网开一面

大概七八只大狼，十几只小狼在洞外嗥叫着，欢悦着，我吓得魂飞魄散，身体软得像被雨浇了的泥人，一屁股瘫坐在地。黄小狼从我手中逃出来，委屈地呜咽着，躲到黑母狼一边。

我最后求生的希望也破灭了，连一只母狼都对付不了，更别说一群狼了。别说是赤手空拳，就是有左轮手枪，也无济于事了。高黎贡山曾发生过这样的事，十几名荷枪实弹的士兵到深山去执行一项任务，结果碰上了狼群，变成了十几具白骨森森的骷髅。

黑母狼带着三只小狼钻出洞去。我一筹莫展地坐在地上，像被判了死刑的囚犯，等着狼群来把我撕成碎片。

好几分钟过去了，没有狼进入。谢天谢地，他们也许高兴地忘乎所以了。可就在这时，一只独眼大公狼不知是无聊还是出于好奇，走到石洞里来，鬼头鬼脑向洞里张望。

它低下头，鼻吻贴着地面做嗅闻状。我心里忍不住哆嗦了一下，虽然我在狼窝里待了两个月，但身上肯定还有对狼来说属于异味的气息。更可怕的是，刚才搏斗时，手臂和大腿被划了好几道血口，脖子也被轻度刺伤，血腥味很难瞒住狼灵敏的鼻子。

果然，独眼狼的狼毛陡地竖立起来，鼻翼快速翕动，它微微抬起头，张开嘴，马上就要发出报警的嗥叫了。我的心脏差不多快停止跳动。

就在这时，黑母狼"唰"地蹿了过来，脑袋用力一顶，把独眼狼顶离了石洞口。独眼狼也不是省油的灯，非要钻进来看个明白。黑母狼龇牙咧嘴"呶"凶狠地嗥了一声，朝独眼狼发出严厉的警告"你再来，就不客气了！"独眼狼无可奈何地退了下去。

黑母狼像个士兵似的站在洞口。过了一会儿，一只黑公狼仰天长啸一声，狼群开始向深沟开进。等狼群走远后，黑母狼这才钻进洞来，用一种混合着仇恨、感激、憎恶、谅解的十分复杂的眼光最后看了我一眼，叼起我身上裹了两个月的那张狼皮，冲出洞，追赶它的同伴去了。

从此，我再也没有看见过黑母狼和它的三只小狼崽。

梦幻小屋和蓝手镯

◎ 毕淑敏

天，蓝得像一页童话。

“将来世界游乐园”的摩天轮，从我新搬入的高层住宅窗前，盘旋而过，我对这个唐吉诃德风车似的玩意儿不感兴趣，俯身下望，茵茵绿草中有一座粉红色的小屋，宛如一朵玫瑰花瓣被静静地遗落在草地上。便萌动了去看一看的念头。

游乐园售票处的建筑，是七个小矮人居住过的。赭色的树皮镶嵌墙壁，上面涂着古老的青苔。高耸的屋顶站立着信鸽状的风标，发出悦耳的鸣叫。

售票小姐打扮成白雪公主模样：“您要购买哪种票？”

面对高科技与美妙传说的结晶，我的目光一定显出扑朔迷离。白雪公主款款介绍：“您喜欢玩哪种游艺机，就买哪种票。如果都想玩，可以买通票，十块钱一张，可玩一整天，比较优惠。”当然，她恰到好处地莞尔一笑，小心地避开我的自尊心，“如果您时间紧，只是参观一下，也可以只购一张门票。”

我迅速浏览了游艺机的名称。水晶城堡、疯狂老鼠、吃惊房子、超级帽子、海盗船……顺便记住了价目表，都很昂贵。

我肚子里的食物，还没有饱胀到需要用这么多外国惊险来消化，虽然购买通票显然合算。

“我只想去那间外观是粉红色的小房子。”

白雪公主受到很好的职业训练，微笑着把一张粉红颜色的专用票撕给我。

哦，它叫梦幻小屋！

小屋在俯视中好鲜明，此刻却隐匿于无边的绿色之中，只有依靠路标前进。

一个丁字路口。

“叔叔，您帮我看看，我有米老鼠高吗？”

路旁有一幅巨大的标牌。穿着橙黄皮鞋的米老鼠，优雅地伸出雪白的手套，上面用中英文书写着：“小朋友，假如你没有我高，请不要去找疯狂老鼠。”

看来，疯狂老鼠是这位美国老鼠的近亲了。

在米老鼠的伴侣米妮通常站立的位置，此刻站着一位小姑娘，正在向我张望。

她浑身圆滚滚的，穿一件很简练的背带白布裙，脸像红苹果一样饱满光亮。眼睛和嘴也都是很端正的圆，像是以黑红两色重油彩用心写出的零。我悲哀地想，她长大绝不会是身材窈窕面容清秀的美女。但此时却是一个极惹人喜爱的女孩。

我便在心里叫她零零。

零零倚在米老鼠身边，用右手卡住自己的头顶，欲一比高低。在她滑润的手腕上套着一个蓝手镯。

零零蓬松的鬈发，像薄雾一样笼罩着她的高度，她便努力将它们捺下去。手镯与发丝相搓，发出风拂草叶的声响。她跳开来，失望地发现自己的手指只齐到米老鼠黑耳朵的一半，便不服气地向我求救。

看着零零像黑围棋子一样晶莹的眼睛，我说："唔，你可以算是和米老鼠一样高了。"

她像云雀一样尖叫了一声，单腿蹦跳了两步，又轻捷地换成另一腿蹦跳。再也不看我一眼，快乐地向前跑去，直到很远，才猛然回头，说了一声"谢谢"。

我注视着她的背影，那是一种像滚动的水银一样极活泼的姿势。许多年前，当我还是小男孩的时候，我也会这样跑，觑前后无人，我也试着单腿蹦跳，立刻感到困难和荒唐，就停了下来。

突然，零零摔了一跤。在向前扑去的一刹那，她记得去保护自己的手镯，但仍旧晚了，手镯挨到地上。她心疼地抚摸手锡，手镯大约有了一些损伤。这很糟糕，但更糟糕的是她的腿，膝盖处流出血来。

我担心地跑过去。

零零从兜里掏出一块蓝手绢。白裙子只有一个兜。兜里装着蓝手绢时。裹不住的蓝色从布丝渗出，好像她揣着一瓶墨水，现在，她通体晶莹了。看起来零零是一个粗心而常摔跤的孩子，上次的痂痕尚未完全脱落，新鲜的血又从边缘缓缓浮出，像红水河上漂着一叶小船。

零零拿着蓝手绢思索了一下，手镯和腿，哪个更重要，我以为这是毫无疑义的。零零的思维很快，全不似成人那样优柔寡断，迅速把手绢系到了手腕上。

我想劝阻她，小姑娘满脸都是对陌生人的拒绝。我终于没有作声。

她已经忘记我了。

现在,看不到蓝手镯了。人们只能看到一个小姑娘腕上缠着一方蓝手帕,膝盖流着血,一拐一跛地走向疯狂老鼠。人们会以为这小姑娘身上两处负伤。手更重一些。

梦幻小屋在路口的另一侧。我却突然对零零关注起来,她毕竟只到米老鼠的耳朵,最多不过打个平手,又挂了彩。

我尾随她去。

疯狂老鼠实际上是一种类似翻滚过山车的大型游艺机。零零坐在椅子上。有一副马蹄形的重物,鞍轿似的降落在她幼嫩的双肩,像一双铁腕扼住咽喉两侧。这样老鼠在剧烈腾挪的时候,才不会被巨大的惯性投掷而出。还有一条钢索般的保险带,把她和座椅坚定地联系在一起。

零零虽然滚圆,毕竟是个孩子,保险带扣到了最后一环。因为心灵上负了责任,我便走过去看她系得是否牢靠。她完全沉浸在冒险前的快乐之中,对每个走近她的人,无端地微笑。

开始检票了。零零把她的蓝手镯打开,又小心翼翼地包好。

疯狂老鼠动作起来,这是一场真正的鼠疫。它毫无规则地颠簸起伏,沿着尖锐的直角,无目的地扑打跳越。人们恐怖的大叫声,像黑色的松针,从疯狂老鼠背上铺天盖地撒下,使每一个旁观的人,深刻地明白了什么叫"抱头鼠窜"。

我抗拒着恐惧和眩晕,目光拐着锋利的路线,困难地跟踪着小小的零零,其实,她即是此时发生了某种意外,我也是完全无能为力的。

疯狂老鼠倏地完全地倒立起来,我半仰着脸,极清晰地看到,在太阳米字形的光辉一侧,零零同我鼻子对着鼻子,像个婴儿般地俯冲过来。在那双黑云子一般的眸子里,饱含着地面苍翠的绿色。

我的责任业已尽完。老鼠痛苦地安静下来，我转身离去，去寻找那依稀的粉色。

梦幻小屋的门是椭圆形，中间有一个肉色的钮。它引动人们温馨的忆念。却终于想不出确切的究竟，怀着不甘心走了进去。

粉红色的微光，像雾霭一样包裹过来。看不到灯，或者说到处都有灯，墙壁像渗水一样沁出粉色的光栅，使你以为伸手就可以抓到粉色的颗粒。

温度极适中，像幼时祖母刚刚用舌尖尝试过递来的一碗粥。

空中弥漫着一种类似抚摸般的韵律。它不疾不徐，无休无止。像一只巨大的手掌，温存而准确地拍击着每个人最原始的记忆……

一切都那么熟悉，又那么遥远。每个人都像被过分醇香的酒灌昏了头，松弛在极舒适的座椅上。

我的理智抵制着俘获，极力思索着：这小屋，我似乎居住过……当我终于想起来的时候，悚然一惊：这不是仿照人类母体内的宫殿塑造的吗！怪不得它给人以无可比拟的安宁和归属感！

那个椭圆形的门，象征着脐。它是胎儿和母亲永久的连接之路。

在被疯狂老鼠强烈摧残之后，你不得不佩服将来世界的领导人了。你不论怎样不以为然，都要进入沙滩般的舒缓之中。

门猛地被撞击开，零零滑动进来。小孩子距离母体的路程更近，她很快便进入了梦幻的境界。蜷在座椅上，像一只温顺的白猫。

环境已具有如此的魔力，再加上正式的节目，该是怎样的美妙！我觉得这钱花得不冤。

从脐里走进一位年轻的女郎，她长得很媚气，前冲式的长檐帽，提醒人们这是中外合资的游乐园。

我无端觉得，工作人员应是一位慈祥的老太太。

“就要开场了，收票了。请把票拿出来。”女郎的声音，不合时宜地冷漠。

人们都从怀抱的温暖中清醒过来，像要保留住最后的美好，依旧蜷着身子，无声地举起票。

小姐一把将我的专用票掳了去。

零零举起她藕节似的胳膊，蓝手帕经粉红色的渲染，蜕变为深紫。

小姐将我侧方之人的多用票捋过去，撕下表示梦幻小屋的那一联，余票退过。

小姐走到零零眼前。零零的胳膊已经下沉，她举起得过分早了。

“票在哪儿？”小姐问。

零零便像在课堂上举手发言唯恐叫不到时，将手举得高高。

“那请你把手绢打开。”小姐催促道。零零已经耽误了时间。

孩子们总是这样，遗漏一些非常重要的步骤。零零用另一只手去解这只手上的手绢。小姐耐心地等待着，像副食店售货员在等待一个没有主动拔掉瓶塞子的买醋者。

手绢系得过于牢靠了，解得便很艰难。幸而小孩子们的心，细小却并不细腻，零零全然没有察觉到小姐的厌倦，终于解开时也没有成年人乞求原谅时惯常的歉意，蛋圆的小脸因为窘急的汗水，更显出油汪汪的可爱。

“阿姨，您看——”

在这种无遮拦的笑脸面前，萌生愠怒的小姐也忍不住了一个微笑。

现在，小姐和人们都看到了那个蓝手镯，在手绢的保护或是蹂躏下，它不安地褶皱起来，像一个洗衣女人冬天的手，边缘皲裂出无数细白,小姑娘温润的汗水,将它们浸洇得绵软而浅淡。

这是一个纸环圈成的手镯。

“把手伸过来。”小姐突然兴奋起来。

零零顺从地把手伸过去。手背凹陷的小坑里积满灰土,唯有指甲红润,像一枚枚光洁的鼓槌。

“我说的是让你把你的手心伸过来,你为什么不?”小姐的声音已露出明显的恼意。

她并没有说手心,所有在场的人都可以证明。她只说过手,但这不妨碍她的严厉。

零零从这声调里察觉到了某种错误的嫌疑,又并不明白错在哪里,便基本上是无所畏惧地把手心朝向小姐。

小姐要看的其实是她的手腕,那里是纸圈的连接处。蓝手镯悲惨地绽开裂纹,像一条弯弯曲曲的林间小路,勉强维系着最后的连贯。绷开的纸纤细如春草,瑟瑟地随着零零手腕脉跳的搏动而颤抖不已。

蓝手镯是用将来世界游乐园的通用票糊就的。这是一个聪明而公平的主意。它紧箍在每个购买者的手腕上,不可拆卸,因而也就不可转让。现在,蓝手镯残破了,它的象征意味就很明显。

“你说,这是谁的票?”小姐的前冲式帽檐俯得很低,循循善诱地说。

“这是我的票呀!”零零完全没有意识到逼近的危险,很肯定地回答。

“那它怎么破了?”小姐成竹在胸。

零零认真地想了想,眯着眼睛说:“不知道,也许是我摔跤时蹭破的。”

“你用手绢包着票,手绢上一点土都没有,怎么会是摔的呢?这票是你从别人那儿拿来的,自己又粘上,所以它才不完整。小姑娘,你要做个诚实的孩子,犯了一个错误,不能再犯第二个。”小姐看来是经常抓获作弊的游客，话说得有理有据，态度比刚开始检票时，还要和蔼了。

众哗然。有人说："真看不出来，小小年纪就……"

我想说明摔跤和手绢的关系，又一想，你只看到了这一幕，也许在那之前，手镯就已经是破的了！

"不！"零零惊恐地瞪大了眼睛，"票是我自己买的。我考试得了双百，妈妈就给我十块钱让我来玩。不信，你们去问我妈妈！"小姑娘略微安了心，她为自己找到了最有力的证人。

"问你妈妈？那还不等于问你自己吗！"小姐不屑地说。

人群引起小小的骚动，毕竟这是亵渎了人人都有的神圣。

小姐像闻到了恶劣气味，扇了扇自己灵秀鼻子前面的空气："你们别看着她装得还挺像，我们这儿常常遇到这样的孩子。"她偏转身，面对着众人："说实话，这些游艺机多一个人玩少一个人玩，有什么了不起？还不是一样费电一样磨损一样得有人操纵吗！可孩子还小，这种说瞎话占便宜的习惯一旦养成了，将来不是害人害己吗！"

小姐说得很义愤，这使刚才认为她有些不讲情理的人，也频频点头。

"阿姨，这票真是我的。您看，它们粘得那么紧，要是别人的，我怎么能把它们撕下来又粘到我的手上呢！"零零完全不顾大势已去，顽强地为自己寻找物证。

"哎呀呀，没见过这样难缠的孩子！你问我，我还想问问你呢！不要装傻，这事很容易。用小刀沿着粘缝的边缘慢慢挑开，只要细心一点，可以做到天衣无缝，老实说，你做得并不高明。"

我凑过去看。果然，蓝手镯的对接处并不妥帖，存有显然是挣脱而裂开的斜纹。看起来铁证如山。

"阿姨，每个人只有一张票，别人的怎么会给我呢？"零零依然不屈不挠，在这种尴尬的时刻，她除了在为自己辩解，竟还保持着童稚的好奇。

“这不是简单的事吗！”小姐向我们摊开她那柔若无骨的手指，更显出事实的毋庸置疑：“通票我们是不回收的，让游客们带回家去，经理说这是活广告。从别人手里要一张废票并不困难。”

小姐的话严丝合缝，再多同情也无懈可击。

“那我怎么办呢？”在这铁的逻辑面前，零零像桂圆核一样的黑眼睛，因为过多清水的折射，显得更大更圆，竟愚蠢地向小姐讨问起办法来了。

“那你只好回家了。记住，以后再也不要做这种事了。做一个诚实的好孩子。”小姐温存地说。

零零把残破的蓝手镯卸了下来，慢得像在褪一副手铐。我叹了一口悠长的气。

零零把断成半个弧的通票拿在手里，像擎着她最后的希望：“这是我买的票，阿姨，是真的！”

“怎么说了半天又回来了！我对你已经是宽大处理了，按规定要罚款的！你要再这样，别怪我不客气。你是哪个学校的？叫什么名字？说说呀！”小姐声色俱厉起来。

零零的脖子蚯蚓样软了下去。名字是孩子们为数很少的私人财产之一，他们不愿意把它孤零零地留给不认识的人。

零零执拗地沉默着。

人们不再同情这孩子。是啊，没做亏心事，就把名字留下来嘛！

也许每个孩子心中，都有一个来自上天的声音，告诫他们，遇到危险时不要说话。

事情看来就这么结束了，零零倒退着向外走去。

“阿姨，我看到了，她是买了票的。”一个戴着沉重镜片的男孩，挤过来说。人们散漫的目光立时凝聚起来。

男孩很瘦弱，嘴唇角很黑。那不是早生的髭，而是早上吃了某种豆馅制品的遗迹。这使他的话失去了几分可信性。

小姐镇静的目光，像抹布一样擦拭着男孩的脸。这没有什么，她见得多了。

“你亲眼看见的？”小姐很和气地问。事情出现了某种转机。

“是。阿姨。她排队时站在我前面。”

零零站在距男孩很远的地方，眼睛里抖落几颗葡萄大的泪珠：“真的？你看到我了？我怎么没看到你？”

阿姨很沉着，果断地撇开女孩问男孩：“你们俩是一个学校的？”

“不是。”男孩闹不清学校和票有什么关联。

“那就是住一座楼或是同一条胡同？”阿姨的话板上钉钉，带有明显的诱供成分。

“不是的。”男孩否定得毫不迟疑。

“那你们俩怎么会一起来？”小姐变了脸。化了妆的女人发起怒来，有一种狞厉之美。

这问题几乎不通情理。你我他大家都一起来了，没有什么为什么。

可惜孩子们的智力尚未臻于完善，他们想不出回答，瞠目结舌。

大人们嘈杂起来。小姐敏锐地感到了民心的向背，收敛了一下锋芒：“好吧好吧，就算你们不认识。你排在她后面，”她把头转向小男孩，“你怎么能知道她买的门票是一张单项票还是一张通票？”

这问题顺理成章，斩钉截铁。在场的人都难以回答。不要说一个小孩，就是成人，若无非常情况，也不会去注意前后人各买什么票。

小姐运筹帷幄地笑了。

“可是,阿姨,我看到了,也听到了,她买的是通票。她用的十块钱是只有两个人头的那种。”小男孩扶了扶镜框,极为肯定地说。

零零的圆脸涨红了:“那是一张新钱,我妈特地给我的,用旧钱太脏了。”

事情似乎很清楚明白了,大人们饶有兴趣地看着孩子们主演的戏。

小姐有了片刻间的惊诧,可能是她以往稽查中没有这种经历。她用小手指拢了拢实际上并不纷乱的头发,鲜红的蔻丹像樱桃一样,穿过黑发在前冲式帽檐的一侧闪烁。一个成熟女人和一个公务人员的形象,同时出现在我们面前。

“我这里不是法院,用不着证人。”她的口气十分冰冷,同粉红色的环境很不协调,“我不管你们怎么买的票,我只负责查票。这票上写着呢:当日有效。全天乘坐,断开作废。看清楚了,不论什么原因,断开作废。”

小男孩立即垂下头去检查他自己的蓝手镯。成人们也立即垂下头去检查各自的蓝手镯,几个一道来的,还彼此检查。

只有零零没有垂下头去。她知道自己的蓝手镯,已经变成了一条蓝飘带。

一瞬间,很静很静,像我们最初形成于这个世界的那个夜晚一样安静。突然,从四周墙壁看不见的音响设备里,传出遥远、模糊、像海浪一样有节奏的轰响,它像轻柔的丝绸,覆盖在每个人的身上,又溪水般地荡漾开来……人们紧张的思绪,立即像奶油一样融化了,进入无边的粉色梦幻。一个如风吹草叶般温柔的女声说道:“现在,在你们头顶上方听到的声音,是每个人的母亲心脏跳动的音响……”

一种无以比拟的安宁和美妙，潮汐似的将人裹挟而去。

因为检票时间过长，小屋的自动操纵系统已进入运行状态。

我在沉入梦幻的最后一刻，看见小姐把零零揪出了小屋。那孩子已经被母亲的心跳感动，率先进入了一种幸福的状态。当她被推出圆门的刹那，我猛地喊了一声："等一等，我给她买一张票。"

脐，已经严密地闭合了，零零像是一个早产的婴儿，被强行娩出。假如我始终清醒，也许会追赶出来，我知道小姐和零零一定听到了我的话。可惜梦幻破坏了我的思维。你见过哪个未出生的胎儿，会关切别人？！

几天后，我的一位朋友来贺新居，被旋转的摩天轮吸引，要我陪他再去将来世界游乐园。

我们买的是通票。你不得不佩服游乐园管理者的聪慧。不把票粘成手镯样，你有什么办法保证票的唯一性？游客们没有相片往通票上粘贴的。

大轮子，小屋子……一切都熟悉而令人乏味。人造的东西，只有在第一次来客和孩子们眼中，才有生动的魅力。我依旧像猫一样，从疯狂老鼠始，继而进梦幻小屋……朋友赞不绝口，我却晦暗如难产的婴儿。

然后是摩天轮。水滴状的小房间载着我们悠上蓝天。我看到了我的卧室，它们同别人家的卧室几乎一模一样。

然后是海盗船，简直一步一个惊险。突然，我看到一个穿藤黄衣衫的小姑娘，正攀上新干线的小火车。她高举着自己的手，手上套着一只蓝手镯。

这是零零，毫无疑问是她。服饰可以变化，但那圆是不变的。孩子终究是孩子，几天前的羞辱，像海豚身上的水珠一样，不曾留下丝毫的痕迹，她快乐地笑着，笑声像花香四处弥散。

我为成年人的多虑感到可悲。

她好像看见了我，愣怔了一下，笑声便出现一个豁口，再续上去时，音色和频率都低抑了许多。我想，人们都不愿别人看见并记住自己屈辱的那一刻，尽管是萍水相逢，尽管是很幼小的人儿。

于是，我便强拉朋友远离新干线的繁华到偏僻去。朋友连声惋惜，我诱骗他说水晶城堡比火车轨道好玩多了。

小姑娘被小火车载到闹市去了。我轻松地吁了一口气，但愿我们永不相见。

几乎是一分钟后，我见到了零零。她从最初的一站下了车，尾随我们而来。

“叔叔，谢谢你。”她的睫毛因为急促的呼吸而像蝉翅般扑动。

为了我一句并未实施的允诺，这孩子竟如此认真。我感动了，用一种对成人的郑重说：“不用谢。我相信你。”

“叔叔，您不该相信我。”零零低下头，很快又勇敢地抬起来，直视着我。

我的自信心像焦脆的锅巴一样破裂了：“这么说，那天你的手镯真是假的了？”

朋友愣怔地看着我，想象不出我何以如此颓丧。

“不。那天的手镯是真的，今天的却是假的。”零零大声地说着，全无遮掩，令我怀疑这顽皮的女孩子在开一个恶劣的玩笑。

“你小声点！”我嘘她，又搞不清自己是在教她世故还是为她掩饰。

“怕什么？”零零大惑不解，“手镯一点也没有破！”

我几乎是粗暴地拧过她的手。像藕节一样白嫩的腕上，蓝手镯清爽完整，毫无纰漏。

“它多么像真的呀！”小姑娘炫耀地高扬臂膀，蓝手镯便把她的脸也映出淡青的灰网。

“那你是从哪得来的？”我充满惊虑地问。

“这还想不出来！”零零嗔怪我的明知故问，“那天阿姨不是说了吗，大门外面有许多人并不一定要把废票带回家去做纪念。管他们要就是了，一点也不难。”

“可是，你怎么把它从别人手腕上取下来呢？”凭着成人的智力，我完全可以通过思索得出答案，但我无法相信，必须亲耳听到才能证实。

零零看在我们友谊的分上，很有耐心，拿出一把削铅笔的竖刀，比画着：“就这样，一点点沿纸缝拉开，只要你别慌，挺容易的。”

是的，这挺容易。我不由自主地点点头。

“取下来之后，你又是怎么给自己套上的呢？”

如此穷追不舍地问一个孩子，近似残忍，但我遏制不住自己。

“用胶水粘呀！就像我们上手工课时一样。”零零边说边拿出一个小眼药瓶，轻轻一挤，一滴比泪水稍浑的浆液流淌下来。

看着这套精巧的作案工具，朋友忍不住插嘴：“你怎么设想得这么周密，长大可以做克格勃。”

“哎呀，这怎么能算是我发明的？”零零难得地露出羞涩之情，诚实地纠正我们：“这都是那天那个阿姨告诉我的，是吧？叔叔。”

在她碧清如水的眸子里，我看见一个像鱼一样张着嘴的男人——那是我。

是的，那天那个女人说了这一切，而我全然没有记住。

“哪来的这么个女人？”朋友讶然失色地问。

我顾不得回答，像捧一件有破纹的瓷器，捧起那套着蓝手镯的小胳膊:“真的是这样吗?”

啪的一声,零零把自己的胳膊从我手中夺下,猛地背到后面:“你们大人为什么总不相信人呢?我说是真的时候,你们不相信。我说是假的时候,你们还不相信。你们只相信你们自己!”她气恼地甩着胳膊,好像那上面叮着一只蚂蟥。

“我相信你。我相信现在是假的。”我忙不迭地说,以维系我们之间那最后的信任。

“以后,我就可以经常到这里玩了。叔叔,再见!”

她用单腿蹦跳着,像一粒饱满而健康的黄豆,弹射而去。

从此,我怕走到窗前。

骑木桶的女巫

◎ 郝天晓

大人们偷偷摸摸地在昏黄的油灯下议论着，他们以为我已经睡着了，但实际上我什么都听到了。

等爸爸披着一条斗篷出门的时候，我知道他终于下定决心去找女巫了。

弟弟已经病了一周，不仅昏迷不醒而且不知为什么他的皮肤变得越来越透明，身体也越来越轻。最后妈妈不得不在他身上压上好几个枕头，以免他会像断了线的风筝一样飞走。有人说这是因为弟弟的头发里住进了可怕的小妖怪，只有找女巫过来把小妖怪杀死，弟弟的病才会好起来。

我从没见过小妖怪，更没有见过女巫，所以爸爸一走我就悄悄地爬上了阁楼。透过阁楼的窗户，正好能看到亮闪闪的夜空，和我家那个被月光照得白里透亮的院子。

不过晒在阁楼上的那些咸鱼的味道非常难闻，其中一条大咸鱼都有点发臭了。为了忘掉咸鱼，我开始数星星，等我数到第六百四十七颗星星的时候，一个黑影突然飞过树梢，接着落在了我家的院子里。我急忙探出头来，只见她穿着过膝的黑色长袍，戴着一顶碎花尖帽，肩膀上还趴着一只黑猫。她一定就是女巫了，只是传说中的女巫都是骑着扫帚的，为什么她骑的却是一只木桶呢？

“那个生病的孩子在哪？”女巫的声音很粗也很哑。

虽然看不清她的长相，但根据声音判断，她应该长得非常非常丑吧！

妈妈没吭声，我猜她一定在犹豫应不应该把儿子交给一个骑木桶的女巫。

直到爸爸赶回来，妈妈才勉强同意让这个女巫先进屋瞧瞧。

女巫坐在弟弟的床边，但并没有去查看弟弟的病情，而是饶有兴趣的研究起弟弟身上的枕头，还用尖尖的长指甲抠着上面的金丝绣花。而她那只黑猫则绕着我家的油灯一圈又一圈的转啊转啊！

妈妈皱着眉头把爸爸拉进了厨房。阁楼正好在厨房上面，所以我很清楚地听到了他们的对话。

“为什么是个骑木桶的女巫？”妈妈很生气地质问爸爸。

“虽然她是个低级女巫，但好歹也是女巫。你不知道，其他女巫都太贵了，我们根本付不起那个价格。”

妈妈沉默了，爸爸说得没错，我们家确实拿不出太多的钱。而穷人就应该让低级的女巫来治病，似乎也应该是这样的道理。

女巫让爸爸妈妈在院子里等着，妈妈很不情愿，但还是跟在爸爸后面走出了房门，毕竟这是治好弟弟的唯一希望。

我小心翼翼地走下阁楼台阶，想找个好位置看看她到底会用什么办法给弟弟治病。可刚走了三个台阶，就发现那只黑猫正瞪着黄绿色的眼睛看着我。

“下来吧！我知道你在上面。”女巫对我说。

我有点害怕，但仍鼓足勇气从阁楼上走下来。这回我看清了这个女巫的长相，她没有我想象得那么丑，不过鼻子尖尖的，让我想起了翠鸟的嘴巴。

“你好，小家伙。”她笑眯眯地和我问好。

“我不叫小家伙，我妈妈叫我墨丽菲儿，我爸爸叫我小淘气菲儿，不过我还给自己起了个名字，叫翠鸟，因为我喜欢翠鸟的翅膀，还有翠鸟的长嘴。”我盯着她的鼻子，心想那鼻子会不会突然裂开一条缝，吞掉一条鱼。

“哦！你好，翠鸟。”女巫没有察觉到我在想什么，她再一次和我问好，还伸出了她的手。

我很高兴，因为这还是第一次有人想和我握手，我喜欢握手，因为那样会让我看起来像个大人，于是我便很正式地和她握了握手：“你好！女巫！”

“你要用什么武器来对付我弟弟头发里的小妖怪呢？”我问她。

女巫没有回答我，而是把她骑的木桶拿了过来，打开了桶盖。

“你要给他洗头吗？”我又问。

女巫摇摇头：“我会给他唱首歌。”

说完女巫就唱了起来：

飘啊飘

飘啊飘

跑来一只豹

搭起一座桥

落上一只鸟

引来小猫猫

呼啦啦

风来了

全都不见了

小虫虫

虫小小

快点让云抱一抱……

女巫唱着唱着，就见弟弟的头发里便钻出一团团白色的小东西，它们一蹦一跳地进了女巫的木桶。

“是小妖怪！”我有些小失望，因为它们看起来并不怎么吓人。

等女巫唱完第三遍的时候，便再没有白色的小东西蹦出来了。而弟弟的皮肤也一点点恢复了正常。

女巫很仔细地把木桶的盖子盖上，然后对里面的小东西说：“别急，我会带你们回家的。”

“带它们回家？你不是应该把这些小妖怪杀死吗？”我很奇怪。

女巫说：“它们不是小妖怪，它们是住在云上面的云虫，不小心被风从云上面吹了下来。它们住在你弟弟的头发里，是想把他变成一朵云，让他带它们回家。”

“哇——听起来好棒啊！”我突然有了一个很绝妙的计划，“女巫，你让它们住在我的头发里吧！我想变成一朵云，我想像翠鸟一样在天上飞。”

“那可不行哦！如果你真的变成了一朵云，就再也变不回来了。”

“可是我真的很想飞啊——”我失望地嘟囔着。

弟弟的病治好了，但爸爸妈妈却并没有表现出太高兴的样子，而是又躲到了厨房里嘀咕起来。

“我们真的要把钱给她吗？她只是唱了几首歌而已……”

“几首歌能值多少钱？不如……”

“……女巫能同意吗？”

“把墨丽菲儿叫来！”

他们把我叫进去了，并且给了我一个任务。

当我把那条有点发臭的大咸鱼当作治病的报酬交给院子里的女巫时，我看到她愣了一下，但很快又露出了微笑。

“谢谢。”她接过那条咸鱼，又向我伸出了手，“那么再见了，翠鸟。”

我没有和她握手，我哭了。

我恨那条咸鱼，我恨爸爸妈妈，我恨我家为什么这么穷，我恨弟弟为什么要生病，我恨我自己为什么在这个晚上不乖乖地去睡觉……

我一直哭，一直哭。

女巫没有说“别哭了”之类的话，而是把我拉上了她的木桶。

“来吧！我让你像翠鸟一样飞起来。”说着，女巫就带着我飞向了夜空。

在梦里，我像翠鸟一样飞过很多次，每一次我都以为是真的。可当我真真正正的飞起来的时候，那感觉却像是在做梦一样。清凉的风痒痒地揉搓着我的脸颊、我的耳朵，我张开双臂，衣裙随风“哗哗”地飘动着。

我们穿过树林，飞过高山，我相信那黑暗之中一定有无数双好奇的眼睛在观望着我，把我当成一只巨大的翠鸟。

圆圆的木桶骑起来非常舒服，我想如果换成扫帚的话，也许会非常硌屁股。是因为这个原因，女巫才不骑扫帚骑木桶的吗？还是像爸爸说的那样，只有低级的女巫才会骑木桶。我没有去问女巫，也许在她心里骑木桶还是骑扫帚本不重要，收到的报酬是钱还是臭咸鱼也不重要，她很开心能帮弟弟治好病，她很开心能把云虫送回了家才是重要的。

天空开始放亮之后，女巫把我送回了我家的院子，这次没有道别，没有握手，她就这么离开了。

我没有来得及告诉她，我长大之后也想当一个女巫，而且要当一个骑着大翠鸟的女巫。

也许某一天，我也会去给某个孩子治病，也许那个孩子的妈妈也会把孩子爸爸拉进厨房，抱怨他为什么会请来一个骑翠鸟的低级女巫。但我不在乎，哪怕他们给我一条更臭的咸鱼，我也会给他们一个微笑。最好他们家也有一个和我一样喜欢做梦的女孩，我会邀请她骑上我的翠鸟，去寻找她的梦……

第四辑
永远的萨克斯

他们一边说着话，一边往山坡那边走去。那里，月亮已经升起来了。长笛和萨克斯，都在月亮下闪出神气的光，一道金黄色，那是黄铜的萨克斯；一道银白色，那是白银的长笛。

不想工作的小比特

◎ 西雨客

比特是天使，是个喜欢嘟着嘴拿着爱心之箭的小天使。他每天的工作就是穿梭在人间，把红红的爱心之箭射向互相喜欢的两人。从遥远的印度到神秘的埃及再到美丽的马尔代夫，比特可兴奋了，在他看来，旅游才是最大的乐事，什么工作啊都是杂耍。

可是游历完整个世界，他终于感觉到了无聊。他心想：上帝那个臭老头要不是用旅行来诱骗，我才不会老老实实地干活呢！臭老头，我不干了！

他嘟着嘴，飞到上帝的面前："大胡子，我要辞职！"

上帝停下手里的活计，捋着胡子说："哦哦，这可不行呢，我们当时说好的，我给你飞翔的能力，你要为我打工一千年呢！"

"哎呀呀，不辞了还不行吗？"比特就知道说不过老头，一溜烟地窜没了影子，他边飞边赌气：哼！还有好多年呢，我可受不了啊！不允许我辞职，我也不整天跑来跑去了！

比特嘴巴噘得高高的，飞过高山飞过湖泊，飞到一处山林的上空，突然刮起大风下起暴雨，他抱怨一声，翅膀被雨水打湿，接着不幸地掉了下去，只听咚一声，摔进一个杂货间。比特从稀巴烂的木头堆里爬出来，正想抱怨，一抬头，看见门口站着一个目瞪口呆的小男孩。

“你是谁啊！”比特拍掉身上的泥土，大声地问出来。

“这里是我家，应该是我问你吧。”小男孩怯怯地说，“外婆说不能把名字告诉陌生人，不过我叫麦小吉。”

比特听后，笑得前仰后合：“你这不就告诉我了吗？真是——太傻了！”

“是不是飞机木板坏了，你从飞机上跳下来了？”麦小吉惊讶地问。他从小就住在森林里，和外婆住在一起，从来没有去过外面的城镇，连飞机都是从书上看来的，并且看的还是老式飞机。

比特下一刻跳到麦小吉身边，捏捏他软软的脸蛋，得意地说：“我啊，可是从白云上面掉下来的！”

麦小吉惊讶地张大嘴巴：“那……那你是天使了！外婆，外婆！这里有……”

“你干什么啊！”比特捂住麦小吉的嘴，郁闷地说，“要保密，要保密！我可是受够了上帝给我的工作才逃出来的！”

麦小吉更惊讶了，咬着舌头听完比特关于工作如泣如诉的抱怨，低着头想了好久好久，才说：“我听外婆说，要是拿照相机给天使拍下照片，那个天使就不能再进入天堂……”

“真的吗，真的吗！”比特一蹦三尺，“我要照相，快给我照相，我要留下来！”比特是天使，能读懂人的过去，所以他知道麦小吉没有任何朋友，这样说，他觉得麦小吉肯定受不住诱惑。果然，麦小吉抬起头，小声地说了句：“跟我来。”

比特光着屁股跟在后面，避开院子里隐藏的陷阱，躲过成群嬉戏的猫儿，踮脚走过呼噜声大震的狗舍，最后又用麦小吉做掩护，趁着外婆发火的当窜进屋子。这个家简直布满了大地雷啊，比特呼出一口气，怕怕地拉住麦小吉的衣角，终于来到红色的小阁楼。

“在板凳上坐好，我要照了。”麦小吉把头埋进相机后的黑布里，闷闷的声音传出来。

比特嗷嗷叫：“我摆一个工作的姿势，作为我这777年工作的毕业照，哈哈！”说罢习惯性地朝背后抓去，可是下一秒就愣了，他的弓箭早丢在天堂了。真是讨厌的工作习惯，他想着，做个虚拟的射箭姿势。

咔嚓一声。麦小吉探出头，做一个OK的手势。

比特冲过来，抱起麦小吉转啊转：“太好了，现在就算上帝找到我，也不能让我工作了！谢谢你，小吉！”

第二天，暴风雨停了，阳光出奇的好，麦小吉向外婆正式介绍了比特，说他迷路了，要在家住上一阵。

那天起，沉默寡言的麦小吉变得快乐起来，他们一起给猫儿的孩子做衣服，给大狗做鞋子，给窗外的小鸟搭屋舍。这些快乐的事是麦小吉从来没有体会过的，往常的他只把自己闷在屋子里看书，透过玻璃看森林看草木。麦小吉疯了一样在森林里奔跑起来，对着身边的比特说，“谢谢你！”比特撅着小屁股，偶尔会伸出翅膀带着麦小吉飞去树冠。树冠上，麦小吉会朝着远方沉思。

“想去森林外面吗？”比特吧嗒吧嗒把一个红浆果吃进肚子，顺手把黏人的汁液抹在树杈上。他看看不说话的小吉，嘿嘿一笑，抱起他，朝天空飞去。

麦小吉反应过来已经到了半空，身子哆嗦地抓住比特，第一次来到这么高的地方，说不害怕那可是假的。

“呼呼呼”一阵疾飞。麦小吉睁开眼，看到远处挺立一排排尖顶小房子，看到广场中央间歇喷泉喷出绚丽的水花，兴奋地喊起来：“快看，那不是书上写到的小丑吗？真的顶着大帽子，长着红鼻子呢！”

比特在马戏团停下，跟麦小吉看完表演，才发现这是一场婚礼的开幕式！作为传播爱的比特，真的很想离开，可是777年的职业病还是拉住了他。

一会儿，一对新人走上台，教父问：“先生，不论生老病死，你愿意照顾对方一生一世吗？”

众人紧张而期盼地等待着结果。

“不愿意！”新郎丢下戒指，走时还不忘自言自语，“我根本不喜欢她，结什么婚啊！”

麦小吉挠挠头，还不明白状况。比特就直接张大了嘴，这种事情怎么可以发生呢！作为爱神，让人们相爱的职业操守使得他心里毛毛的，他想朝新郎射一箭，可是弓箭在天堂呢！

“哼，我才不会再多管闲事了呢！臭老头发现我不能上天堂就会找新的工作狂了，我才不要再继续工作！”看看手上因为777年无休止地工作形成的茧子，比特自言自语，然后气哼哼拉着麦小吉离开。

走在街上，屋子里传来摔碎花瓶和大声吵架的声音；走去广场，人们独自行走着，还不时地抱怨着；走去公园，情侣们哭哭啼啼；走去饭馆，做饭的阿姨因为跟他先生闹矛盾直接关了店门。

“哎呀呀！”比特叫起来，“麦小吉我们回森林吧，这里好烦好烦！”

麦小吉担心地看着四周，突然问：“比特，我还不知道你是什么工作呢。”

“我现在听到工作这个词就头痛，小吉，我只能告诉你，我全名叫丘比特。现在我们回家吧！”比特飞起来，嘟囔着。

麦小吉低下头，他早该猜到了。他叹口气，不知道自己帮助比特有没有错。回到家，麦小吉发现外婆正乐呵呵地跟一个陌生来客说笑。

是谁呢？不仅拖着大胡子，穿着白袍子，还一脸笑容。

“啊！”比特忍不住叫出来。

来客一转脸看到比特，笑着的脸晴转多云，接着阴云密布：“比特，我看你哪里跑！”

“啊啊！”比特拖着麦小吉刚跑出去，就被上帝抓住。麦小吉反应过来，慌忙从口袋里掏出一个信封：“比特这个给你，本来想明天给你的。”

比特刚拿过信封，就被上帝抓着朝天空飞去，他一边拆开信封一边暗暗嘚瑟：反正我已经被相机拍下来上不了天堂了，臭老头，不论你怎么飞，都……

信封打开，从里面滑出一张相片。

原来是照片啊，麦小吉看了是让我当作证据交给臭老头啊！真机灵！只是他只看了一眼就愣住了。照片上哪里有他的影子啊，只有一个板凳腿！

一月后，麦小吉正给猫准备食物。

“麦小吉，你是个大骗子！”

麦小吉一愣，转头看见气哼哼的比特：“你不去工作怎么来这里了？”

“我还没说你呢！为什么不把我照进相片里！”比特嘟着嘴，哼一声，指了指不远处西装革履的大胡子，“你看！”

只见大胡子上帝探头朝麦小吉家的花园里看看，才紧了紧领带，仔细地捋捋胡子，朝花园里走去。

花园里有什么呢？盛开的鲜花，还有哼着歌束着头发正给花浇水的外婆。

“啊！”麦小吉惊讶地捂住嘴巴，“比特，上帝怎么又来找我外婆啊？”

小比特眨巴眨巴眼，凑到麦小吉耳边，小声却得意地说：“为了工作，我可射了臭老头一箭呢！”

小白兔去采野菊花

◎ 谭旭东

秋天到了，草地上开满了金黄的野菊花，小白兔最喜爱这种花朵了，它拎着采蘑菇的篮子，去草地里采了满满的一篮野菊花。不要以为小白兔是为了好玩，或者说，它只是想采些花朵装点自己的屋子。

小白兔是一个很有爱心的小白兔，它听兔妈妈说，森林里最近有不少小动物患了流感，而且小松鼠因为上火，嘴都起了很多小泡泡；长颈鹿呢，感冒发烧，都要住院了。小白兔知道野菊花茶有去火清热的功效，于是，就来采野菊花了，分成了两份，它要送给小松鼠和长颈鹿阿姨泡开水喝。

小白兔拎着篮子先来到了森林的松树林里，小松鼠正躺在树洞里睡觉呢。他浑身无力，这几天都没有去上幼儿园，松鼠妈妈陪伴着它，不断地喂它喝热水，还给它喂一些小米羹，因为自从上火后，啄木鸟医生就嘱咐他不要吃坚果，不要老爬树，剧烈运动不利于身体恢复。因此，小松鼠特别渴望见到小伙伴，见到幼儿园的大象和大熊老师啦。

“小松鼠，小松鼠，你在家吗？”小白兔在树下面没看到小松鼠，就朝着大松树上的树洞喊起来。

“是谁呀？”松鼠妈妈出来一看，原来是小白兔拎着一个大篮子来啦。“小白兔，乖孩子，怎么有空来我家玩呀！”

“松鼠阿姨，妈妈说小松鼠嘴唇上火起泡了，我采了一篮菊花，给他泡开水喝！”小白兔把篮子放在大松树下，向松鼠妈妈鞠了一躬。接着，他说：“我还得去长颈鹿阿姨家，再见！”

长颈鹿阿姨的家离小松鼠家不太远，翻过两座小山，再跨过三条小溪，就到了。长颈鹿阿姨正躺在小山坡上闭着眼睛晒太阳。小白兔以为她在睡觉，就放慢脚步，悄悄地来到她的身边，然后把一包野菊花放在长颈鹿阿姨的身边。但正当小白兔准备离开时，长颈鹿阿姨睁开眼睛，对它说：“小白兔，你来了，给阿姨带来好吃的啦？”

“阿姨，听说你感冒了，我采了点野菊花，给你泡开水喝。”长颈鹿阿姨非常感动，她伸出了长臂，拥着小白兔，连声地道着谢，还挽留它一起吃晚餐。小白兔很喜爱吃长颈鹿阿姨用树叶做的糍粑，有好几次，它和小长颈鹿一起玩，长颈鹿阿姨都会拿出家里最香甜的糍粑给它们吃，还会端出各种彩色糖果给它们吃。这次可不能打扰长颈鹿阿姨，小白兔心里想，长颈鹿阿姨身体还不太舒服呢！她最需要的是休息。于是，小白兔拎起篮子，和长颈鹿阿姨道了再见，就匆匆地回到了家里。

回到家里，兔妈妈已经烧好了萝卜汤，在等着它喝呢！小兔白把自己采野菊花的事告诉了兔妈妈，兔妈妈奖励了它一个紧紧的拥抱和一个长长的吻，还奖励了它一本漂亮的图画书和一盒彩色蜡笔。小白兔高兴极了，它想，秋天的原野那么美丽，它可以用蜡笔把它画出来，它还要把妈妈画到秋天的画里去。

守墓老人和牧羊犬

◎ 曾维惠

守墓老人在这片墓地里守了二十几年了，他养了一只全身乌黑乌黑的牧羊犬巴乌。

大凡上山来祭祀的人，都认为这是一个冷漠的老头，因为在他们的眼里，老人不会笑也不爱说话，总是用冷面孔面对每一个上山来祭祀的人。那只牧羊犬，总是亲热地围着老人，一会儿用牙齿扯扯老人的衣角，一会儿用舌头舔舔老人的手背，老人的每一个眼神和动作，它仿佛都能读懂。

夜晚，山风呜咽，守墓老人总会披衣起床，绕着墓地转一圈，他想让坟地里的魂灵得到安息，他总是边走边喃喃自语："安息吧，安息吧，山风哭了，你们可不要哭，有我在呢。"每当这时，巴乌也会张大嘴巴，"呜呜"地叫几声，仿佛是为了赶走呜咽的山风。

山风依旧呜咽。守墓老人似乎困了，他掩上小木屋的门，钻进了被窝。巴乌便睡在老人床边的那张小木床上。这张小木床，是老人特意请木匠为巴乌定做的，不管巴乌以哪种姿势躺在床上，都会感到很舒适。

“巴乌,不管外面发生什么事情,你都不要睁眼张望,更不要走出这间小木屋。”老人临睡前,对巴乌说了这样一句话。巴乌似懂非懂地望了老人一眼,闭上了眼睛。

山风停止了呜咽。“哇——哇——”几声乌鸦的怪叫,划破了夜的宁静。老人摇了摇头,叹了一口气,自言自语:“不知道哪个不安分的魂灵,又要出来走动了。”

巴乌显然也听到了乌鸦的怪叫,它竖了竖耳朵,动了动睫毛,但它没有睁开眼睛,因为它始终记得老人在临睡前说过的话。巴乌是一只很听话很称职的牧羊犬。

子夜时分,老人轻轻起床,轻轻地走出小木屋,来到那个放着野菊花花环的墓碑前,轻轻地敲了三下:“笃、笃、笃——”沉闷的响声在夜空中响起,声音虽然不大,但没有逃过牧羊犬的耳朵。牧羊犬竖了竖耳朵,动了动睫毛,但它没有睁开眼睛。

放着野菊花花环的墓碑上,开了一扇小门。从门里走出一个头上戴着野菊花花环的小姑娘。

“爷爷,您看,我的眼睛有光彩了吗?”小姑娘一出来就迫不及待地问老人。

老人一改白天那冷漠的面孔,他的脸上露出了慈爱的微笑。老人打量着小姑娘,高兴地说:“山菊,你的眼睛里有光彩了!”

听了老人的话,小姑娘的眼睛里,闪烁着泪珠。

“山菊,你还会流泪了!”老人真是又惊又喜。

小姑娘的眼睛里,写满了快乐与幸福。可是,她的脸上,看不到一丝笑容。小姑娘拉着老人的手,说:“爷爷,您摸一摸,我的手是温暖的,我的心口在跳动了,如今我的眼睛里有了光彩,我还会流泪了……我是不是很快就能看到姥姥了？”

这时候，山风又开始呜咽，老人冷静地扫视着墓地，他发现有一个不安分的鬼魅在墓地上空飘荡。

“回去吧，安息吧，一个不安分的灵魂，是不能进入天堂的。”老人劝告着那个鬼魅。

那个鬼魅非但没有安息，他反而飞到老人与山菊之间，对老人说：“我多次警告过你，如果你帮一个即将下地狱的人重返人间，那么，她的重生之日，就是你下地狱之时……”

“嘿嘿嘿——”鬼魅怪笑着飞走了，这不安分的灵魂，又要到别的地方游荡去了。

老人轻轻地抚摸着小姑娘头上的野菊花花环，又抚摸了一下小姑娘的脸，他想起了自己的孙女儿——

那个蹦蹦跳跳的，会唱歌，会跳舞，会逗老人快乐的小孙女，也喜欢用野菊花做花环……

老人原本有一个幸福的家，可是，一场大水，冲走了与他携手走过了近四十年的老伴，冲走了健壮的儿子和贤惠的儿媳，冲走了那个爱戴野菊花花环的小孙女，冲走了老人所有的幸福……老人找了三年，依旧没有找到家人的影子……心碎的老人来到了墓地，他想守着这方无人管理的墓地，借此守候家人那些在外飘荡的魂灵。

老人把眼前这个戴野菊花花环的小姑娘，当成了自己的小孙女。老人还记得小姑娘进墓地那天的情形：

头一天夜晚，墓地周围林子里的乌鸦一直“哇——哇——”地叫个不停，那叫声，是从未有过的凄惨，从未有过的撕心裂肺。老人在床上辗转反侧，他自言自语：“明天，肯定有一个不该来的魂灵会来到这里。”

老人一夜未眠，他惦记着那个不该来的魂灵。巴乌也一夜未眠，老人翻一下身，它就竖一下耳朵，动几下眼睫毛。

拂晓时分，天空中飘着蒙蒙细雨，老人推开小木屋的门，映入老人眼帘的，是一个新的墓碑前伫立着的一位白发苍苍的老妇人。

老妇人把一个野菊花花环放在墓碑前，轻轻地说："山菊，安息吧，姥姥会给你带来很多野菊花花环……"

老妇人的眼泪已经哭干了，她的脸上写满了忧伤，她离去的时候，嘴里还念叨着："山菊，姥姥会给你带野菊花花环来……"

老人走近墓碑，凝视着相框里的黑白照片：那是一张充满稚气的七八岁的小姑娘的脸，脸上那对小酒窝里，仿佛装满了对生活的热爱，眉宇间露出多少天真、多少期待……

"孩子，你怎么来得这样早呀！"老人抚摸着墓碑上的那个野菊花花环，喃喃自语，"我那喜欢野菊花的小孙女，她还好吗？"

从此后，老人每天早晚都要来陪着山菊，摸摸墓碑前的花环，说些谁也听不明白的话。多少个子夜时分，老人的手伸向墓碑，食指弯曲，欲敲墓碑，却又犹豫不决，几起几落，最后还是转身离开了。

老人的心底，藏着一个别人不知道的秘密。那是一个山风呜咽不止的夜晚，老人在墓地里转来转去，安慰那些惊恐不定的魂灵。突然，老人听到一对幽灵的对话：

"一个守墓时间长达二十年的孤寡老人，如果他在子夜时分，用食指在墓碑上敲三下，就能敲醒沉睡的魂灵。"

"敲醒了又怎么办？"

"魂灵会从墓碑里走出来。"

"走出来了又怎么办？"

“他若是不理睬魂灵，这个魂灵就成了四处游走的孤魂野鬼。他若是愿意和魂灵聊天，聊聊魂灵生前的往事，魂灵的身体便会变得暖和，魂灵的心口便会重新跳动，魂灵的脸上便会写满笑容，魂灵的眼睛里便会散发光彩……”

“那后来呢？”

“于是，这个魂灵就重返人间。只是，这个魂灵重返人间的日子，就是这位守墓人下地狱的日子。”

……

听了这对幽灵的对话，老人回到小木屋，他辗转反侧，怎么也不能入睡。巴乌也不肯入睡，它一会儿咬咬老人的衣角，一会儿舔舔老人的脚背，它的眼里饱含着泪水，还“呜呜——”地叫着，仿佛在说：“你不可以这样做。”

第二天，老人在墓地里转了一天，他在每一个墓碑前，都停留了片刻。最后，老人停在了山菊的墓前，喃喃自语：“她还这样小，她还应该有幸福的生活，她的姥姥还需要她的陪伴……”

于是，每到子夜时分，老人都会敲醒山菊，和她一起回忆着往事——

山菊说：家门前的那条小河，格外的清澈，小河里的游鱼，格外的快活。她常常和姥姥一起到小河边洗衣服，她搓啊搓啊，搓得满手的肥皂泡……有时候，洗衣刷不小心掉进了小河里，山菊就用竹竿划水，划呀划，洗衣刷才随着荡漾的水波，游了回来……

山菊说：学校里新来的女老师特别美丽，她有一头好长好长的头发，她的声音很好听，她唱的那句“门前一条弯弯的小河，春夏秋冬都唱着好听的歌……”特别的优美动听，她写的黑板字漂亮得像刻上去的一样，她身上散发出来的香水味像山野里的百合花的芬芳……

山菊说：姥姥做的年糕是天下第一美味，姥姥做的绣花鞋比市场上卖的名牌鞋还美丽，姥姥的枕头里藏着无穷无尽的美丽故事……

……

多少个子夜时分，老人都陪着山菊，陪着她讲那些美丽的故事。

山菊的那原本冰冷的手变得暖和起来，山菊那原本不会跳动的心跳动起来，山菊那原本冷漠的眼睛光彩起来……

今夜，老人又来陪山菊讲故事，他希望山菊的脸上，能露出甜甜的微笑。可是，山菊刚才听了鬼魅的话，她不再愿意和老人讲故事了。

"山菊，今晚，我们说个什么样的故事呢？"

"爷爷，您回去休息吧，我不愿意看着您下地狱。"

"山菊，你别说傻话，鬼魅的话是骗人的。"

"姥姥曾经说我像天使一样美丽，我想，我是会进天堂的。进了天堂，我一样可以看到姥姥。爷爷，您回去休息吧，我要走了。"山菊说完，转身就朝墓碑上的小门走去。

"山菊，你等一等……"老人伸出手，想要拉住山菊。可是，老人没有能够拉住山菊，只抓住了山菊头上戴着的野菊花花环。

老人把野菊花花环带回了小木屋。

均匀的鼾声，从老人的鼻孔里传出，疲倦的老人，真的睡着了。巴乌睁开双眼，看到了老人放在床头的野菊花花环。巴乌叼起野菊花花环，轻轻地出了小木屋，来到了山菊的墓碑前。

"呜呜——"巴乌在墓碑前叫着。

这时，那个不安分的鬼魅又飘荡在上空，他说："那顽固的老人啊，为什么非要唤醒一个与他毫不相干的人呢？可怜的巴乌啊，你为什么要守着一个即将要下地狱的顽固之人呢？"

巴乌说不出话来，它只有“呜呜”地叫，仿佛有许多话要说。

“回去吧，守住那个老人，他下了地狱，对你也没什么好处。”那个不安分的鬼魅说完，便飘走了。

巴乌明白了，它明白老人为什么时常对它说：“巴乌，不管外面发生什么事情，你都不要睁眼张望，更不要走出这间小木屋。”原来，老人是不希望自己知道这件事，老人是不希望自己眼见着他下地狱啊！

静夜里，山风又起了。巴乌叼着野菊花，守在山菊的墓碑前。野菊花花环上的朵朵野菊花，在呜咽的山风中颤抖……

一朵野菊花被抖掉了，掉在地上，变成了一把木梳。

又一朵野菊花被抖掉了，掉在地上，变成了一张纱巾。

好多朵野菊花被抖掉了，掉在地上，变成了绣花鞋、书包、口琴……

巴乌叼着这些东西，往小木屋走去。

“巴乌啊，这些东西，能彻底地唤醒山菊，你的主人，便会更早地下地狱。嘿嘿嘿——”鬼魅的声音，又在空中响起。

巴乌停住了脚步，它掉转身，把这些东西叼到了一个草丛里，藏了起来。

巴乌轻轻地回到了小木屋，轻轻地躺在了自己的小木床上，它庆幸自己没有惊醒熟睡的老人。

天亮了，老人睁开双眼，发现床头的野菊花花环不见了。老人再看了一眼巴乌，它正在熟睡中。其实，巴乌整夜都没有入睡呢，它知道老人要寻找那个野菊花花环。

老人在墓地里转了一天，最后，坐在山菊的墓碑前，黯然神伤。这一整天，老人没有喝一口水，没有吃一口饭。巴乌心疼老人，可是，它不愿看到老人下地狱，它始终没有把藏东西的地方告诉老人。

又一个黑夜降临了。今夜的山风，挟卷着风沙，哭得格外凄惨。老人在墓地里转了一圈，重复着那句说过千万次的话："安息吧，安息吧，山风哭了，你们可不要哭，有我在呢。"

安慰好了墓地里的魂灵，老人回到小木屋，钻进被窝，对巴乌说："巴乌，不管外面发生什么事情，你都不要睁眼张望，更不要走出这间小木屋。"

巴乌懂事地点了点头，闭上双眼，一副马上就进了梦乡的样子。

老人没有睡意，他也许在想那个野菊花花环到哪里去了？他在想是不是巴乌藏起了他的野菊花花环……

"巴乌一向是忠实的，它不会骗我吧？它也不知道事情的真相呀。"老人喃喃自语。

听了老人的话，假睡的巴乌内疚了。是啊，老人对巴乌真的是好啊！老人把巴乌当成自己的孩子看待，从来不打骂它，从来都把最好吃的给它……

"我为什么要骗老人呢？"这深深的内疚，勾起了巴乌对往事的回忆——

几年前，牧羊犬巴乌生活在一个富贵女人家。富贵女人是从宠物市场上花高价把巴乌带回家的，她很爱巴乌，每天都要给巴乌洗澡，还给巴乌喷洒从法国进口的名贵香水，给巴乌吃炸鸡翅……

只是，很不幸，不久以后，富贵女人得了重病，巴乌当然就不知道这叫什么病了。富贵女人临终前，摸着巴乌的头，说："谢谢你……陪伴我……过了一段……快乐的日子……以后……我不能……照顾你了……"

富贵女人走了，巴乌很伤心，它一口气跑了很远的路，也许是因为跑得太远了，也许是因为它太伤心了，一向敏锐的牧羊犬巴乌，居然找不到回家的路了。巴乌不知道富贵女人埋葬在哪里，它找啊找啊，找了好多墓地，它挨着墓碑寻找，都没有看到富贵女人的相框……

最后，巴乌寻找到了老人所在的墓地，它依旧没有找到富贵女人的墓碑，它伤心，它绝望，它闭了眼，向一个墓碑撞去……

当巴乌睁开眼的时候，它躺在老人的床上。老人收养了巴乌，为它治好了伤，带着它转墓地，把它当成家里的一个成员……

回想起这些，巴乌后悔了，后悔自己不该藏老人的东西。

"不管老人做什么，都是有他的想法和道理的，我都应该支持他。"巴乌这样对自己说。

巴乌从床上起来，推开小木屋的门，不顾老人的阻拦，向外面走去。老人也追了出去。

巴乌把老人带到那个草丛旁。老人看到了山菊花变的木梳、纱巾、绣花鞋、书包、口琴……老人颤抖着双手捧起这些东西，这些东西还散发着野菊花的味道，老人喃喃自语："用这些东西，应该可以彻底唤醒山菊了吧？"

子夜时分，在山风的呜咽中到来了。老人和巴乌都来到了山菊的墓碑前，老人用食指在墓碑上轻轻地敲了三下。可是，墓碑上的那扇小门，并没有打开。

老人把木梳、纱巾、绣花鞋、书包、口琴一一摆放在墓碑前，又用食指敲响了墓碑。

墓碑上的那扇小门开了，山菊从墓碑里走了出来。

"啊，姥姥的木梳，妈妈留给我的纱巾，姥姥给我缝的书包，老师送给我的口琴……"

山菊用木梳梳了梳头发，把纱巾围在脖子上，把书包斜挎在肩上，把口琴放在唇边，吹出了婉转的乐曲……

山菊的脸上，荡漾着幸福的微笑，脸蛋上的那对小酒窝里，仿佛装满了幸福与甜蜜……

老人幸福地笑了。可是，渐渐地，老人的身体开始颤抖，老人想说什么，却说不出话来，老人的眼里射出两道寒光，老人的身体变得僵硬，老人身上的肌肉变得冰冷，老人的心口没有了心跳……

“嘿嘿嘿——山菊可以回家了，可悲的老头儿，你就下地狱吧。嘿嘿嘿——”空中响起了鬼魅的怪笑声，让人毛骨悚然。

“爷爷——”山菊伸出双手，想要抱住老人。

“呜呜——”巴乌张开嘴巴，想要咬住老人的裤腿。

可是，老人却面无表情地飞了起来，越飞越高，越飞越远……

“嘿嘿嘿——嘿嘿嘿——从今后，又多一个鬼魅和我做伴了……”鬼魅怪笑着。

山菊身后的墓碑不见了，巴乌把山菊带进了老人的小木屋。山菊对巴乌说：“亲爱的巴乌，我回去陪伴姥姥，你好好地守着墓地，也许有一天，爷爷会回来的。我和姥姥会经常来看你的。”巴乌懂事地点了点头。

夜深了，山风依旧呜咽。

永远的萨克斯

◎ 冰 波

坐在树洞前,巴可又在吹他的萨克斯了。

巴可是一只棕熊。

早晨的太阳照在他不太好看的脸上。他的鼻子太短,嘴巴又太宽。他不太聪明,而且,性情太温和。

“你这样的熊是不太招别的熊喜欢的。”

这句话,是住在不远的那只熊姑娘米都对巴可说的。当时,巴可听了这句话,并不难过。他觉得米都说得对。那时候,他还在学吹萨克斯,吹得很难听。

米都是一只很漂亮的熊,她长得很结实,眼睛很亮,很圆溜。鼻子尖总是湿漉漉的,看起来很健康又很顽皮。

巴可吹了一阵,停下来,朝右前方看看。米都就住在那个方向。

“我今天吹的是一段新曲子,说的是萤火虫因为太伤心,满天乱飞,飞着飞着就变成了天上的星星……不知她听到了没有……”

巴可想。

米都在那里吃她的早餐蜂蜜粥,大概有一点粘在鼻子上了,她正伸出舌头,使劲儿舔着。

米都一边满意地舔着鼻子,一边向巴可走过来了。

巴可故意装作没看见,还是吹着他的萨克斯,其实心里很高兴的。

“吹了这么久,你不饿吗?”米都站在他面前,问道。

巴可摇摇头。“不饿。”他心里却在想:她的鼻子真好看。

“你的萨克斯吹得越来越好了,我很喜欢的。”

“我今天吹的是……”

“是一支新曲子,我已经听出来了。里面好像有星星的感觉。不错,挺好的。”

“是吗?”巴可很高兴,想把整个故事讲给她听,“嗯,曲子里……”

“再吹一支新曲子听听。我很爱听的。”米都打断了他。

巴可有点遗憾。

“新曲子?我想想……”

一棵在风里抖动的小草,心里有很多的渴望;

一只淋在雨中的兔子,在等他的信;

一个长在树缝里的蘑菇,想到远方去旅行……

米都忽然站了起来。

“对了,我得去看看我种的菜了。把新曲子留着,我要听的。”

她很快地往前走了。

巴可看着她的背影,抖动的小草、雨中的兔子、树上的蘑菇全没了。

巴可待了一会儿,又把那支萤火虫变星星的曲子吹了一遍。

好像没有第一遍那么好听了。

这时候,离巴可不远的那个小树洞里,有一双黑亮的眼睛闪着。

那是一只果狸，也是巴可的邻居。她总是默默地听着巴可吹萨克斯，从来也不说话，只是瞪着她那双黑亮的圆眼睛。那双圆眼睛，会随着曲子，一会儿清澈，一会儿恍惚，一会儿蒙眬，一会儿迷幻。不过，巴可从来没有注意过。

“可爱的小果狸，也不知她听懂了没有。”巴可在心里想着。他觉得，最能听懂他曲子的，只有米都。

“我很喜欢米都的。”巴可对自己说。

“你这样的熊是不太招别的熊喜欢的。”巴可想起了这句话。

他忽然感到心里很难过。

傍晚。巴可抱着萨克斯，望着天上一朵忙乱飘着的灰云。

巴可沉浸在他的构思里。

米都小鼻子湿漉漉的，款款地走来。

“巴可，我想听你吹萨克斯。”

她双手支着下巴，眼睛溜一圈，又天真又温柔。

“吹吧，巴可，吹吧。”

巴可提起了萨克斯，吹了起来。

掉在岩石上的一片枯叶，思念着它的青色的树枝；一滴青苔上的水，掉到了静静的水潭，再也找不到自己；大海上的一叶帆，努力漂向永远够不着的月亮……

小树洞里，果狸那双黑亮的眼睛，一会儿清澈，一会儿恍惚，一会儿蒙眬，一会儿迷幻。

巴可吹着，他已经忘记了米都的存在，甚至忘记了还有自己。他仿佛整个生命已变成了那支萨克斯。

“啪。”

巴可从梦中醒来似的,才知道,他的脸上已经被米都亲了一下。

“巴可,你吹得太好了。真让我感动……”

米都说着,两滴眼泪流下来了。

巴可也被她的话感动了,差一点也要掉下泪来。他觉得自己从来没有吹得像现在这么好过。

巴可的心里,仿佛是一支欢乐的萨克斯。

“米都,米都,我……”

米都用她的手掌,盖住了巴可想说的话。

“巴可,你的曲子,使我想起了……想起了……”

“什么?”

“想起了……”

“什么?”

“他。”

“他?”

沉默了,谁也不说话。

小树洞里,果狸那双黑亮的眼睛,朝他们看着。

终于,米都说话了。

“昨天他来找我,就是山后那年轻的熊,他叫我住到山后去。我……我不想去,他就火了,踢了我一脚,走了。可是,可是,不知为什么,我现在……挺想他的……”

“……”巴可不知该说什么。他只看见,米都的鼻子,现在变得很干。

“巴可,没有一只熊能像你这样吹萨克斯,这么好。你真招人喜欢。”

巴可看见,米都的鼻子干得发白。湿漉漉的鼻子不见了。

这时候,响起来很重的脚步声。

一只高大、年轻、健壮的棕熊出现在面前。

他厌恶地看了一眼萨克斯。

“米都，你怎么又在这里？你到底跟不跟我去？”

米都默默地站起来。

米都跟他去了。

巴可低下头，不去看他们越来越小的身影。

眼睛黑亮的果狸从树洞里出来，轻轻走到巴可的面前。

萨克斯在月光下闪着黄色的亮光，恍恍惚惚的。

果狸轻轻地摸了摸萨克斯。

“巴可，我也想有这么一支萨克斯。”

巴可呆呆地看了果狸一会儿，忽然吼起来：

“萨克斯有什么用？萨克斯有什么用？”

巴可把萨克斯重重地往地上一摔，噔噔噔地走了。

果狸被吓了一跳，看着扔在地上的萨克斯，不知怎么办才好。

过了好一会儿，果狸抱起地上的萨克斯，试着吹了一下。

“噗——”

那声音，就像是呜咽。

当巴可再次看见萨克斯，是在他自己的树洞口。它浑身闪着亮光，显得神采飞扬。萨克斯下面压着一张字条，上面写着：

巴可，萨克斯里面有你的生命，别丢了它呀。

那是果狸放在那里的。她已经用毛把萨克斯的每一个角落都擦过了。

巴可拿起萨克斯看了看，轻声嘟哝着：“萨克斯里面有你的生命，萨克斯里面有你的生命……”

终于，巴可摇了摇头。

"我已经没有生命了。要它干什么。"

巴可在地上掘了一个坑，把萨克斯放进去。当把土埋上去的时候，巴可才明白，他如醉如痴地吹萨克斯，原来都是为了给米都听的。

现在米都已经不在了，萨克斯也用不着了。

巴可呆呆地坐在树洞口的时候，对面的小树洞里，果狸那黑亮的眼睛，一直看着他。

那双黑眼睛很忧伤。

从此以后，巴可完全变了。

他一天到晚蓬头垢面，在地上躺倒就睡，醒来了，随便在土里挖点什么就吃，嘴里老是哼着："到处流浪，到处流浪……"

果狸的那双黑亮的眼睛，再也不看他了。

有一天，巴可忽然想起来：咦，怎么不见小果狸了？她到哪儿去了？

他去那个小树洞里看看，里面空空的，果狸早就搬走了。

"她一定是讨厌我这个叫花子一样的熊，哈哈。都走吧，都走吧，剩我一个，死在这里，烂在这里！哈哈哈！"

巴可这么对自己说着，又哼着曲子走开了。

"到处流浪，到处流浪……"

他已把萨克斯忘得干干净净了。

巴可已不知道时间过了多久。

一天夜里，巴可睡在他的树洞里。树洞里发出一阵阵霉气，但巴可是无所谓的，依然睡得很死。

在梦里，巴可听到了萨克斯。

掉在岩石上的一片枯叶，思念着它的青色的树枝；一滴青苔上的水，掉到了静静的水潭，再也找不到自己；大海上的一叶帆，努力漂向永远够不着的月亮……

巴可醒来，发现自己眼睛里全是泪水。

他不知道自己的泪水是因为难过，还是因为高兴。他以为自己完全忘记了的萨克斯，又那么真切地响了起来。而且，这曲子，就是在他最有才气的那段时间里创作的。

他知道自己原来还是爱着萨克斯的。

可是，巴可的梦醒了，那曲子却还在奏着。不是萨克斯，而且更幽怨一些的长笛。

那声音，就是从对面的小树洞里传来的。

巴可跳了起来，奔出去。

是果狸在小树洞口吹着长笛。

果狸停下来，看着巴可。

"巴可，我到很远的地方学长笛去了。"

"我……"

"巴可，我吹的全是你创作的曲子。"

"我……"

"巴可，你不吹你的萨克斯了吗？"

"我……"

"巴可，你知道每天的太阳都是新的吗？"

巴可把头低下去了。

仿佛有电在身体里奔流，巴可一转身，朝自己的家门口跑去。

他在地里挖起来，挖那只埋在土里的萨克斯。

可是，土下面没有萨克斯。

巴可开始发疯似的在地上乱挖起来。一会儿就挖开了一大片土。

果狸走到他的面前,一道金黄的光一闪。

“这是你的萨克斯。”

果狸的手里抱着那支萨克斯。这支铮亮的萨克斯,每一道缝隙里都是铮亮的。

“我每天都擦它的。”果狸说。

巴可忽然发现,这么多天不见,果狸已经变得这么漂亮了。

“果狸,你……”

“什么,巴可?”

“你为什么要学长笛?”

“因为,长笛里有我的生命。”

“你以前就能听懂我的曲子?”

果狸低下头,说:“是的,我都懂。”

他们一边说着话,一边往山坡那边走去。那里,月亮已经升起来了。长笛和萨克斯,都在月亮下闪出神气的光,一道金黄色,那是黄铜的萨克斯;一道银白色,那是白银的长笛。

有一个女孩叫葵花

◎ 窦 晶

在这个世界上每时每刻都会有一个孩子诞生，有的在城市，有的在乡村，有的在高原，有的在海边……

阳光明媚的午后，在一个如世外桃源般美丽的小村子里，一个小女孩诞生了。妈妈望着小女孩粉嫩嫩的小脸问沉浸在幸福中的爸爸：“亲爱的，我们的女儿叫什么呢？她还没有名字呢。”

爸爸望了望窗外喜气洋洋的葵花田，说：“就叫葵花吧。”

“葵花宝宝，你有名字了。”妈妈很喜欢这个名字。

葵花也眨了眨眼，努了努小嘴，好像同意了似的。

小女孩葵花一天天长大，不仅漂亮，还聪明可爱，村里的人谁见了都夸爸爸妈妈有福气，妈妈总是笑眯眯的。

一晃五年过去了，可是葵花比同龄的孩子矮了一大截，妈妈很着急，“这孩子怎么不爱长个儿呀？！”

邻居说：“孩子有先长和后长之分，葵花一定属于后长那伙的。”

妈妈也听过这种说法，所以就放心了。

又一个五年过去了，十岁的葵花才一米高，妈妈有点害怕了，她带着葵花去城里的大医院检查身体，检查结果像晴天霹雳一样，把爸爸妈妈的心都震碎了——侏儒症，多么可怕，多么无奈！妈妈流着泪把她抱回家。

总是坐在第一排的葵花，很聪明，学习是班里的前三名，同学们都叫她葵花小精灵，葵花很快乐。可是，她慢慢地感觉到有同学在窃窃私语，好像有什么事情瞒着她，她每次去问，同学们就散开，或转移话题。

葵花变得郁郁寡欢，“妈妈，为什么我的个子这么小呀？同学们玩的时候都不爱带着我了，说我像幼儿园的小朋友。”

妈妈笑着摸摸她的头说：“宝贝女儿，你是葵花小精灵呀，你看你多聪明，唱歌、学习、画画，哪一项都是最好的。”

“可是我体育和劳动就不行，因为我个子太小了。”

“没关系的，孩子，你会长大的。”

葵花感觉妈妈的笑容有些不自然。

葵花听到好多长个子的办法，于是，她每天都好好吃饭，好好睡觉，清晨还围着向日葵田跑两圈，一有时间就蹦啊蹦，她相信自己一定会长高！

两年过去了，葵花还是那么高，每次问爸爸和妈妈，他们都安慰她“会长高的，不着急”。她感觉到村里人看她的眼神都有些怜悯的成分在里面了，她躲在葵花田边呜呜地哭了起来。

她望着高高的向日葵，“向日葵，我为什么不像你们那样长得高高的呢？我长得这么小，怎么办呀？”

向日葵默默地望着她，用宽阔的大叶子把阳光挡住，防止火辣辣的太阳把娇小的葵花晒坏了。

葵花哭累了，迷迷糊糊睡着了。一片淡黄色的向日葵花瓣飘落在小女孩葵花的头发上，看上去像一只漂亮的发卡。这可不是一般的花瓣，她可是葵花仙子幻化成的呦，因为在这片古老的向日葵田里，住着一位葵花仙子，她负责守候向日葵田，所以向日葵们从来没有受过害虫的侵袭，狂风暴雨也奈何不了他们。

葵花仙子了解小女孩葵花的一切情况，她看到熟睡中的小女孩，就忍不住亲吻了一下她那乌黑发亮的头发，多么可爱的女孩呀，她要是降临在豆丁国就好了，怎么才能帮她走出悲伤呢？善良的葵花仙子想到了一个好办法。

葵花仙子带着小女孩葵花来到了豆丁国。

哇，这里好美呀，好奇特呀，一排排用花儿编织的小房子笑盈盈地矗立在路的两边，一辆辆南瓜小马车欢快地行驶在丁香花瓣铺成的小马路上，一艘艘用荷叶制成的小船在湖面轻轻地划过，女孩子们都像葵花一样高，她们在香气四溢的丁香树下翩翩起舞，葵花擦干眼泪，笑了，笑的是那样甜美。她踏着欢快的舞步，融进女孩子们的队伍里，因为她和大家长得一样超凡脱俗，所以大家都以为她是豆丁国的子民，豆丁国的女孩子们和她很自然地手拉手跳起优美欢快的舞蹈，男孩子们弹起用香椿树做的木琴，帅帅地为她们伴奏，在这片欢乐的海洋里，女孩葵花幸福极了。

夕阳西下的时候，豆丁国的女孩子们渐渐散去，葵花有点茫然，自己要不要回家呢？她多么想留在豆丁国呀，可是如果爸爸妈妈找不到自己会多么焦急呀，然而自己真的不愿再看到人们异样的眼神，不愿听到人们背地里叫她小矮人。小女孩葵花左思右想，在矛盾中痛苦地挣扎。

这时候葵花仙子出现了，她温柔地说：“小姑娘，有好多个小男孩小女孩阴差阳错地降临在你们的世界里，他们虽然要面对人们异样的目光，但是他们拥有了爱自己的爸爸和妈妈，在豆丁国，孩子们都是没有爸爸和妈妈的，没有体验过父爱和母爱，这是一个特殊的国度。”

“可是，我不想面对我那个世界里人们的窃窃私语和异样的眼神，我长得和他们都不一样。”

“有什么不一样呢，你只是比他们的个子矮而已，的确，有好多事情他们能做到的你做不到，可是你就努力把自己能做到的做得更好就可以了，那样你就是一个成功的人。就像我们向日葵一样，只要执着地向着阳光，日子就会变得单纯而美好。”

“哦，我想回家，回到爸爸和妈妈身边。可是怎样找到回家的路呢？”葵花问仙子。

“每一个善良的孩子都有小天使在护佑着，让他们免去危险，你就放心地走吧，一定会找到回家的路。”

小女孩葵花，迈着轻盈的脚步，顺着丁香花瓣铺成的小路，走啊走啊，她和路边的小房子告别，“小房子，再见了，回去以后我也要盖一个这么美丽的小房子。”

她和南瓜做成的小车子告别：“小车子，再见了，我要回到我降生的世界里，我可以做一个最好的自己。”

她和豆丁国的子民们告别：“再见了，亲爱的朋友，我要回到爸爸妈妈身边，因为我是他们的葵花宝宝。”

小女孩葵花走呀走呀，眼前突然出现了一束金黄色的光芒，那不就是家门前的一大片向日葵吗？她看见爸爸和妈妈在太阳的余晖里眺望，焦急地呼喊着：“葵花宝宝——葵花宝宝，回家吃饭啦……”

从记事起，葵花每一次和小伙伴们玩到太阳落山时，妈妈就会站在家门前喊："葵花宝宝——葵花宝宝，回家吃饭啦……"

不管多远，葵花都能听得见。

葵花飞奔过去，张开双臂，扑进妈妈的怀里，那么柔软，那么温暖。她在心里做了一个重大的决定：从今以后，做一个幸福的自己，就像田里的向日葵一样，向着太阳，永远微笑。

第五辑

一张报纸去旅行

报纸们知道，对于一张旧报纸的命运来说，他们已经不可能再有什么作用了，只能慢慢老去……但是，报纸里有一张彩版的报纸，虽然泛起黄色，但看起来还是新的样子。他叫小彩，他喜欢读家族里的所有的文字。直到有一天，他从报纸里读到了关于外面的世界，他就感觉那些文字变成了他无形的翅膀，只要有梦想，就可以去外面世界闯荡。

地球都乱了

◎ 汤素兰

“嗨，你在干什么呢？”

“在这发呆呢。”

“怎么回事？你的嗓子有点哑呢，感冒了？”

“是啊，天气太冷了，今年冬天下了好大的雪，听说是百年不遇呢。我怕冷，老感冒，总不见好。”

“现在雪都下到南方了，我们北方都不下雪，老天晴，气温高得很。”

“是啊，地球都乱了。北极融化了，赤道冰冻了！”

“可不是吗……哈哈哈……”

这是两个人在打电话。一个是住在中国南方奇迹花园里童话作家的太太，她这会儿手中拿着电话筒，站在窗口，窗外是漫天遍野的大雪。另一个人呢，是这位太太的大学同学，远在东北的哈尔滨。这会儿哈尔滨阳光灿烂，整个冬天一片雪花也没飘过。

电话打完了，童话作家的妻子去厨房做饭，远在哈尔滨的朋友换鞋子准备上街。住奇迹花园大松树上的红松鼠冬果果却一个跟头从大松树上栽了下来！

还好，他有一个蓬蓬的大尾巴，像一把天然的降落伞，虽然摔了个嘴啃泥，但也还算幸运，没有摔成松鼠饼子，也没有将脑袋摔成脑震荡，因为他现在脑子还足够清醒——“天哪，地球乱了！”冬果果倒吸了一口凉气。

冬果果不是一个喜欢窥探人类秘密的松鼠，只是因为他住得高，自然就看得远。他住在屋外的大树上，从大树透过窗口朝屋子里看，屋子里的一切都能看得清清楚楚，也听得清清楚楚——因为冬果果个子虽小，却有一双大耳朵——长着大耳朵有什么用呢？当然要来耳听八方哪！

冬果果刚才听见了童话作家的太太的声音，听见童话作家的太太说：“地球都乱了！”

“啪啪啪……啪啪啪啪……”老鼠先生家的门上连敲三下，再连敲四下；这是奇迹花园里动物们约定的紧急情况下的暗号。如果遇上危险，需要弃家出逃时，敲门的声音就这样：“啪啪啪……啪啪啪啪……”老鼠先生立即从椅子上跳起来，向门扑过去，能干的老鼠太太早已经拖着两个旅行袋，紧跟上来。

“出事了！快跑！”老鼠先生拉开门，“砰！”的一声，和红松鼠冬果果撞了个满怀，老鼠太太躲避不及，一个踉跄，连身子带两个旅行袋扑过来，把老鼠先生和冬果果结结实实绊倒在地，并且压在他们身上。

好一阵忙乱！

等老鼠太太、老鼠先生、红松鼠冬果果一起从旅行袋下面爬出来，大家将气喘匀，坐在老鼠家干净的餐桌上喝着茶的时候，红松鼠冬果果才说明来意：

“我是来告诉你们一个消息的——地球乱了！”

“地球乱了？地球乱了又怎么样呢？”老鼠先生问。老鼠先生只是奇迹花园里一只小老鼠，虽然见过地球仪，但对地球的了解实在不多，他想象不出来地球乱了会怎么样。

“听说北极融化了，赤道冰冻了。”红松鼠冬果果说。

“北极本来应该是冰冻的，北极熊就住在北极嘛。赤道应该很潮湿，很热，河马就住在热带雨林里。”老鼠太太说，“这么说来，地球乱了，地球上的一切都调了个儿。”老鼠太太说。老鼠太太出身贵族，她家的亲戚很多，有北极冰熊，也有家在赤道附近亚马孙雨林里的河马。

“调了个儿？”红松鼠立即来个倒立，“你是说头朝下，脚朝上？”

“不是你理解的那个意思，是一切都反过来了。比如说，北极融化了，赤道冰冻了，就好像说，现在老鼠不怕猫了，而是猫怕老鼠了。”老鼠先生说。

“大树不往上长，要往地下长了！”

“太阳要西升东落了！”

“天鹅想吃癞蛤蟆的肉了！”

“公鸡将会下蛋！”

“母鸡将会打鸣！”

……

“真会这样吗？”红松鼠冬果果问。

“不知道！”老鼠先生说，“我们仔细观察观察吧，要是真出现这些怪事，我们就得赶紧逃！”

“逃到哪儿去呢？”老鼠太太说，“你不知道我们只有一个地球，没有第二个吗？全世界所有的人、动物、植物和微生物一起，都只有一个地球。”

“哎，如果实在无处可逃，我们也只好跟着地球一起乱了。”老鼠先生说。

“怎么个乱法呢？”冬果果问。

“我们老鼠不住地下，住到树上去。”老鼠先生说，“你们松鼠呢，别再住树上，住到地底下。我们之间调个个儿，也就一样乱了。”

冬果果想了想，觉得这么个乱法倒也蛮有趣，心情也好了许多，刚才担着的心也放了下来，于是，冬果果离开老鼠先生家，蹦蹦跳跳回到树上去了。

接下来的日子里，太阳拨开浓重的云层，将光芒洒向南方的大地。南方的雪开始融化，雪化开之后，青草苏醒过来，一点点探出绿色的针尖。园子里的海棠树爆出满树花蕾，绿的叶和红的花从树皮下面，从树枝梢头绽开来，亮出一星半点的红与绿，与乍暖还寒的季节捉着迷藏。

与此同时，猫看见老鼠，还是穷追不舍，老鼠先生和老鼠太太看见着猫的影子，就吓得四腿发软，心咚咚咚狂跳不止。旁边的村子里，母鸡照常在窝里下蛋，公鸡依然一清早就扯长脖子打鸣。

但鹅倒是真的吃了一只癞蛤蟆。事情是这样的：那天有一群鹅穿过篱笆，走进花园的池塘里玩水，一只鹅把长嘴插进泥里翻，翻出了一只正在打瞌睡的癞蛤蟆，于是把癞蛤蟆吃掉了。

“喂，最近还好吗？”

“挺好的。”

“听上去也确实不错。感冒好了？”

“好了，这些天阳光灿烂，立春了，天气暖和了。”

“我们这儿倒是下雪了。”

“终于下雪了呀！”

“是啊，终于下雪了，好大的雪呢！”

“看来地球又不乱了？”

“乱还是有点乱呢。不过环境破坏究竟是引起全球气候变暖，还是极寒，科学家也没搞清楚。”

“是啊，要是这样发展下去，还得乱呢。”

“我最近参加了一个绿色环境保护组织，我把资料发给你，你帮我们宣传宣传？”

“好啊，我还是我们这儿的环保大使呢。”

“我知道你是环保大使，所以才请你帮忙哪！”

“不是环保大使也可以帮忙啊，保护环境人人有责嘛……”

没等把这通电话听完，红松鼠冬果果又从大松树上跳下来，飞快地跑过花园，去敲老鼠先生家的门。

“咚咚，咚咚咚！咚咚，咚咚咚！”敲门声像好听的音乐。

老鼠先生打开门，问冬果果：“有什么好事？”

“听说地球不乱了。”

“那就好，我们也用不着逃命了。”

“但地球还可能会乱。”

“怎么办呢？”

“保护地球，是我们每个人的责任。”

“当然是我们每个人的责任。”

“我们要节约用水，我们要减少二氧化碳排放……”

老鼠先生和老鼠太太、红松鼠冬果果用水一向很节约。至于二氧化碳的排放，他们不开汽车……

“屁里也有二氧化碳。你经常放屁。”老鼠太太说。老鼠太太是贵族，很少放屁，但老鼠先生就不同，经常放屁，臭不可闻。平时老鼠太太不好说他，这会儿借着环境保护的名义，可以狠狠说他了。

“我以后一定注意少放屁。”老鼠先生说。

从这天开始，老鼠先生真的很少放屁了，至少是老鼠太太在家里很难再闻到老鼠先生的臭屁。老鼠先生真的不放屁了吗？不是的，而是找了一个专门放屁的地方放。老鼠先生在园子找到了一个空的罐头盒，他挖了一个又黑又深的洞，把罐头盒放在洞里。一遇到要放屁的时候，就赶紧跑到洞里，揭开罐头盖，把屁放进去。

这个神秘的洞和那个可怕的罐头盒就在园子里某个地方。如果有一天，有人不小心把它挖出来，估计爆炸的威力赶得上原子弹。到那个时候，地球乱不乱不好说，但花园里一定会乱的。

大狼托克打电话

◎ 王一梅

大狼托克有了一部漂亮的红色电话，这是很得意的事情，但问题是托克家的电话号码：13749。没有一个数字是连着的，也没有一个数字是重复的。所以，朋友们都记不住，他的电话也就一直没有响过。

不过，这不妨碍托克使用这个电话："别人不给我打，我就给别人打。"

托克查查电话号码本，这是多么有趣的电话号码本呀。上面这样写：

熊：77888 鸟：22822 小雪：56665 榕树：23232

哦，原来植物也有电话呀，他们把电话安装在哪里？树洞里？挂在叶子上？贴在树干上？还是在高高的树顶？

不管怎样，大狼托克决定先给熊打电话，大家都是动物，说话总是方便一些的。他按了熊的电话号码：77888。

"喂，找我吗？"传来熊粗重的声音，"冬天里，我从来没有接到过电话。"

是啊，外面的雪已经盖住了树林里所有的树，所有的房屋。

"我是大狼托克，我想和你说说话。"

“好，可是，我很困，你要原谅我，一会儿，我就会睡着的。”熊已经开始打哈欠。

他们开始聊天，当然是说“什么东西最好吃”等等，因为熊说他现在饿极了，饥饿把他从美梦中叫醒了。

托克答应明天给他送汉堡。

“我家在树林中最大的树洞里。”说完，熊就睡着了。电话里传来呼噜呼噜的声音。

接着的电话是打给鸟的：22822。

拿起电话，托克就听到：“喂，如果你能快些送条被子来，我会在明年春天到你们商店去谢谢你。没有大被子就送小被子；没有厚被子就送薄被子；没有花被子就送白被子；没有棉花被就送稻草被。总之，我的孩子太冷了，你要快些送来。”

啊，说话这么啰嗦，一定是鸟妈妈了。

“我很理解你，鸟妈妈。可我不是商店的伙计。”托克说。

“哦，这个时候我就希望是商店的电话，对了，你是谁？”鸟妈妈声音有些不高兴。

“我是谁不重要，关键是我可以在明天上午给您送来被子。”托克想起家里有一条柔暖的被子，自己舍不得盖的。“那是一条蒲公英被子，是用蒲公英种子的绒毛做的，我愿意出租给您。”

“蒲公英被子？”鸟妈妈觉得很珍贵，她怕租不起，“那你准备怎样出租呢？”

“只要你记得有时间给我打电话。我的号码难记极了。是13749。”托克说。

“我已经记住了，保证不会忘记。”鸟妈妈赶紧告诉他地址，在树林里最高的树枝上。

放下鸟妈妈的电话，大狼觉得高兴极了。他想和树打电话，听听树是怎样说话的，他拨了23232，那是榕树的电话。

“喂，你是谁啊？”榕树的声音好像是从地底下传来。

“我是大狼托克。”听起来声音有些激动。

“天气好冷啊，四周好安静。”榕树说，“你能到我身边来，陪我说说话吗？”

“好的，我明天来。”大狼答应了，“怎么找你？”

“我是树林里唯一的榕树。”榕树回答说。

最后，托克决定给小雪打电话：56665。

“喂，我不认识你，可是还要给你打电话，你不会怪我吧。”大狼猜小雪是个女孩，和女孩说话要温柔一些。

“不会，我只是一个有着胡萝卜鼻子的雪人，能够认识你真的很高兴。”

“哎呀，雪人也有电话呀？”托克吃惊地说。

“是的，我有一部雪电话。可是，我最想要的是滑板。这样我可以在雪地上滑动了，到处走走真是太好了。”

托克决定明天给小雪送滑板。

“我住在冰冻的河面上。”小雪说。

哦，托克想起来了，树林里只有一条小河会结冰。

第二天，托克抱着烤得很香的面包，背着被子，手里拎着滑板，像一个长途旅行的狼，他觉得自己帅极了，走路的时候，把雪地踩得“吱嘎吱嘎”响。他要去寻找树林里最大的树，最高的树，还有唯一的榕树，最后去看小雪。

当他走进树林的时候，他惊奇地发现，最大的树也就是最高的树，也就是树林里唯一的榕树。啊，他在最大的树洞外看见了野藤一样的电话线，听见了大熊梦里肚子还在咕咕叫，就把汉堡放在树洞口；他还把被子送给了树顶上的鸟妈妈，鸟妈妈的电话就挂在鸟窝旁的树叶上；至于树的电话，就贴在树干上。

因为有了滑板，小雪从河面上一直滑到了树底下。

小雪最后一个电话是打给托克的，那是在太阳出来的早晨，小雪声音软软的："喂，托克，别忘了小雪，小雪的电话号码是：56665，记得明年冬天再打哦。"

说完，小雪和她的雪电话一块儿消失在泥土里了。

托克有些伤心地说："别忘了托克的号码：13749。"

扣子老三

◎ 周　锐

小女孩的一件红衣服上，有四颗红扣子，很漂亮的四颗红扣子。

它们自己给自己起了名字，比方说，扣子老三就是从上往下数的第三颗扣子。不过，有时候扣子老四会觉得委屈，会提议："应该从最底下往上数！"这时候扣子老三便成了扣子老二了。但喜欢从上往下数的人总要多些，所以我们还是把我们的主人公叫作扣子老三吧。

有一天，小女孩穿上这件有着四颗红扣子的红衣服，乘公共汽车去看姥姥。车上特别挤。临下车的时候，小女孩的四个红扣子被挤掉了一个，也不知怎么挤的，偏偏把当中的扣子老三挤掉了。

小女孩没发觉掉了扣子，她自己下了车，留下扣子老三被乘客们踩来踩去。

又过了好几站，才有一个小男孩发现了扣子老三，把它捡起来交给售票员阿姨。售票员阿姨举着扣子大声嚷："谁掉了扣子？"乘客们把自己的扣子一个一个数了一遍。谁都没有应声，也就是说，谁都没掉扣子。"没人要吗？"售票员说完，顺手将扣子朝窗外一扔。

我们可怜的扣子老三，身不由己地一飞，“咚”，掉进一个黑水潭。旁边传来老大妈的吆喝声“卖五香茶蛋！”原来这不是黑水潭，是浸着茶叶蛋的一锅卤水。这卤水里有盐，有糖，有酱油，还有别的一些作料，浸得扣子老三浑身难受。而且卖茶叶蛋的老大妈舍不得经常换卤水，扣子老三在锅底足足浸了两个星期，直到老大妈改行卖烧鸡了，它才同卤水一起被泼到地上。这时您瞧吧，茶叶蛋是什么颜色，我们的扣子老三就是什么颜色了。

借着这一泼之力，扣子老三滚开去了。但滚了没多远，被篾席上的一大摊圆溜溜、红彤彤的东西挡住了。这是晒着的枣儿。又是一位老大妈的声音从屋里传出来：“孩子，妈妈正揉面呢，马上给你蒸枣糕吃。”

天哪，如果这位老大妈眼神不太好，扣子老三很可能会被当作枣儿，被嵌进面团，再去热得发昏的大蒸笼里挨上一阵子。

正在这时，飞来两只鸟儿。它们一个是鸟爸爸，一个是鸟妈妈，它们要为孩子找点吃的。

鸟妈妈很快发现了枣子，说声：“准备降落！”

鸟爸爸应道：“明白！”

鸟妈妈又叮嘱一句：“好好瞧着，我怎么做，你也怎么做。”

“明白！”

因为鸟爸爸干家务事不怎么在行，所以要听鸟妈妈的指挥。

鸟妈妈拣了一颗鲜艳饱满的大枣子衔在嘴里。

鸟爸爸拣了一颗更大的——这就是我们的扣子老三。前面说过了，鸟爸爸干家务稀里糊涂，但倒是挺愿意出力气的。

等飞到鸟窝，鸟妈妈立刻觉察到鸟爸爸的错误，它扑过来啄了一下硬邦邦的扣子老三，便劈头盖脸地数落起鸟爸爸：“瞧你干的事！瞧你干的事！我嫁给你算倒了八辈子霉了！这能吃吗？这能吃吗？”

鸟妈妈见鸟爸爸一声不吭，又埋怨扣子老三说：“你也是的，为什么要冒充枣子，让我们上当呢？”

扣子老三说：“我并不想被人当成枣子。也许我已经不像个扣子了，可这不是我的错儿。”

扣子老三便把自己的不幸遭遇诉说了一遍。

鸟爸爸和鸟妈妈一齐流下了同情的眼泪(说得更准确一些，鸟爸爸的眼泪在眼眶里等了一会儿，等到鸟妈妈的眼泪也准备好了，这才一齐流下来)。

“可怜的扣子！”鸟妈妈说：“我们可以收留你，你愿意给我们的孩子当个玩意儿吗？”

“穿根线儿，挂在脖子上，怪好看的。”鸟爸爸说。

“不。”扣子老三不同意。

“那么，你还是希望当个扣子？好吧。”鸟妈妈点点头，“不过，只有人类才需要扣子。”

“是的，”鸟爸爸补充说，“需要扣子是因为他们要穿一件又一件的衣服：要穿衣服是因为他们没有羽毛……”

“行了行了！”鸟妈妈“呼”地一下飞向空中，并叫鸟爸爸衔起扣子老三跟在后面。

它们来到街市上空，它们找了一个“目标”。

“瞄准！”鸟妈妈下令。

“唔哎！”鸟爸爸是想说“明白”，却被嘴里的扣子弄得说不明白。

一个小伙子“咚咚咚”地大步走来，忽然觉得有样东西从后面掉进衣领，凉冰冰的，直顺着脊梁滑下去。他吓了一跳，伸手一掏：“哦，是你呀。我的工作裤正好差一粒扣子呢。”

瞧小伙子逛大街时浑身的漂亮劲儿，扣子老三怎么也想不到他的工作裤会是这样脏得叫人难受。

扣子老三被钉到工作裤的一根背带上。另一根背带上钉着个黑扣子。它们很快就认识了。

黑扣子说：“在这儿可不分什么老三、老四，咱俩平起平坐。我叫阿黑，你就叫阿红吧。”

扣子老三说：“叫什么名字没关系。可是这裤子上哪来这么多油呢？真恶心。”

阿黑说：“你怎么啦？当一个扣子就是要同油泥打交道的呀。”

扣子老三说：“不，我以前在一件红衣服上当扣子时，那红衣服老是洗得干干净净的。”

扣子老三很快就明白了，原来小伙子是个机器修理工，所以当扣子就得随着主人整天蹭油挨脏……

“你老想着红衣服吗？”黑扣子问新来的伙伴。

是的，扣子老三讨厌当一个脏乎乎的扣子。“我总要回去的。”它说。

好不容易有了机会。这件脏得不能再脏的工作裤，和其他脏衣服一起，将被送进洗衣站。

“我们可以好好洗个澡了。”黑扣子说。

“不，”已经挣扎得快要从工作裤上掉下来的扣子老三说，“亲爱的阿黑，我要和你分别了。”

黑扣子很难过，但它还是这样说：“那就祝你快乐。请替我向你的扣子老大、扣子老二和扣子老四问好吧。”

“好的。我会想你的，阿黑。”

扣子老三就“噗”地从脏衣服堆上跳了下去。它不知道怎样才能回到穿红衣服的小女孩身边去,但它知道要干成一件事首先得有决心,它是有这个决心的。

它先是被扫进一只装垃圾的畚箕。一只还没吃过点心的猫走过来。这只猫在畚箕里翻了一阵,正要失望地离开,一下子就看到了扣子老三。它把扣子老三抓起来,舔了几舔:“嗯,这个玩意儿可以当礼物送给朋友。如果朋友收下了,那就一定会叫我不要走,让我和它一起吃晚饭。”

扣子老三对猫说:“请您把我送回家吧,我离开那件红衣服已经很长时间了。您要是离家很久的话,也会想家吧。”

可是猫说:“我没有家,我是只野猫。”它一心想着它应该得到的那顿晚饭。

当这只猫衔着扣子老三走到一个偏僻的街口时,猛听得一声怒吼,吓得它倒退几步。

一条大狗从暗角里冲了出来。这条狗也没有家,是条野狗,但它心肠很好。正因为没有家,没有主人,所以它可以到处管闲事。它很喜欢当一个专打抱不平的侠客,并给自己起了诨名,叫“镇三街”。而且它自己规定:每天至少行侠一次。

可今天眼看天色渐晚,连一个歹徒都没遇见,它好着急。正在这时,发现了这只可疑的猫。

“喂,你干坏事了没有?”“镇三街”问道。

猫含着扣子,不好答话,便拼命地摇头。

但从紧闭着的猫嘴里传出这样的声音:“干了,它干了坏事了!快救救我!”

“镇三街”便命令猫：“张开你的嘴！”

猫嘴一张，扣子老三掉了出来。

“好汉，听我说，”猫还想花言巧语，“这是个迷路的扣子，我正要送它回家。”

狗问扣子老三：“你要猫送你回家吗？”

“不，”扣子老三说：“我要你送。”

于是，“镇三街”赶走了猫。

因为穿红衣服的小女孩并不住在“镇三街”管的三条街，它费了不小的劲才把扣子老三送到家。

扣子老三终于看到了它一直想念的红衣服。

但是，怎么搞的？在扣子老二的下面，扣子老四的上面，应该属于它扣子老三的地方，现在缝上了一颗新的扣子。这个新扣子还摆出主人的样子来问它：“你从哪儿来呀，朋友？”

老伙伴们好不容易才认出了它：“哎呀，老三，你怎么变成这个样子？”

新扣子听大家这样说，连忙打招呼：“对不起，不是我存心要占你的位置……”

面对这一切，扣子老三什么都说不出来。它默默地退到一个屋角里，它的决定怎么办。

它终于明白：它确实不是从前的它了。虽然说起来时间不久，但它经过这么多遭遇，已经变得不漂亮了。

尽管自己没有过错，但现在看来，被漂亮的新扣子代替，也是应该的呀。

扣子老三再也不能当一个扣子了。

它就这样默默地待在屋角里。

与其这样，还不如在工作裤上当一个扣子呢。它想起了忠厚的阿黑。

与其这样，还不如给小鸟当个玩具呢。它想起了直性子的鸟妈妈，挺随和的鸟爸爸。

过了些日子，小女孩要做个鸡毛毽子。

她找来了鸡毛和布片，还要找个大扣子，她在屋角里发现了扣子老三。

扣子老三心甘情愿地让布片把自己包起来。从此，它随着这快乐的毽子，一下高、一下低地跳个不停。

叫小信的狐狸

◎ 吉葡乐

一场，又一场的风，天气迅速转凉，叶子在树枝上嗦嗦的飘飞，不久，树枝光秃了，天也给吹的寥落了，季节转入深秋，变得更为寒凉了，走在街上，就不由自主地拱着肩，手也总不自觉地往袄袖里抽一抽，啊，冷啊！灰灰的街道，直直的冰冷，这样一心想逃避寒冷似的赶路，有时却也会因为，一些暖和的香气，而做短暂的停留，那是现炒栗子发出的味道，令人感觉到丝丝的温暖。是啊，热乎乎的栗子，盛一纸包，捧回家去，坐在橙色的木椅上，和家人一起吃着栗子，这样的时光多么缓慢，多么幸福啊。小信的妈妈一想到爱吃栗子小信，就总在下班回家路上多拐上一个弯，专门去买上一包热乎乎、香喷喷现炒的栗子。

炒的火候恰好，微微裂开的栗子，吃的时候很容易把壳给剥下来。把果仁塞进要流出口水的嘴巴，咂吧咂吧的嚼起来，越嚼越香甜。

“好吃吗？小信。”

“嗯，好香。”

暖暖的面面的栗子，就是小信心里具体感觉到的幸福之一。

直到几年以后，小信还深刻记得那个气候渐冷的时节和爸妈一起吃栗子的情形。那时候他们家，白色的餐桌围着三把橙色的木椅。一到吃饭，爸妈分别在小信的两边。都会不约而同地把好吃的饭菜夹到她碗里。她略微有些不安，但也总会在幸福包围的晕眩中，悄然地接受爸妈发自内心的爱意。

爸妈……他们如果真是自己的爸妈，该有多好啊！

曾几何时，她也真当自己就是他们的女儿了，也许是自己演技好，而妈妈，也丝毫没有怀疑她的身份，说到演技，其实就真的是把自己当成他们的女儿，把他们真正的当作自己的亲生父母啊，有人疼爱有人关心，真好啊！可是，狐狸就是狐狸，即使能变成人类孩子的模样，却总会因为不知道吃错了什么食物，而恢复了原形。那是多么尴尬的局面，记得当时妈妈推门进来，捧着一包栗子，“小信，妈妈又给你买栗子来了，热乎乎的糖炒栗子，快趁着热吃，好香哦！”

然而，就在妈妈的目光转向小信的时候，却发出一声惊恐的尖叫，随之，装着栗子的纸袋从妈妈的手里掉落，栗子滚了一地。明明还穿着人类孩子的衣服，身体却变成了狐狸，小信自己也搞不明白，哪里出了差错，看着脸色苍白，已经吓晕过去的妈妈，小信只有夺路而逃。

一切都结束了，这个自己住了一年零八天的家，小信知道再也不可能属于自己了，她拼命地逃跑，直至跑进小区的喷泉旁边的灌木丛中，远远地注视着楼上发亮的某个窗口。一扭头，她还看到归来的爸爸上了那幢楼，小信的心更紧张了，醒来的妈妈一定会给爸爸描绘看见自己变成狐狸的样子，然后爸爸惊诧痛苦的睁大眼睛，后悔自己当初太大意了，而引“狐”入室。

她是怎么变成小信的样子呢。

那一年，他们唯一的女儿小信病了，办了住院手续，在等待手术的日子，小信每天都会由妈妈陪着在医院的小树林里散步，紧挨着小树林的是一片花木，小信走到这里，意外地看见花木的间隙里，露出一只狐狸，洁白的狐狸，蹲在落叶上，它好像受伤了，像婴儿一样嘤嘤地叫着。

“你也病了吗？”

“嘤嘤……”

狐狸好像在哭。

小信走近蹲下来，伸出苍白瘦弱的小手抚摩着它，它后面左边的一小腿受伤了，小信掏出一条手绢，在妈妈的帮助下，给它缠好。小狐狸站起来试了试，就跑了，跑到远处，医院那儿有个栅栏门，通向外面的一片更广阔的树林，小狐狸就在那儿停住，回望了一下，小信笑了笑，然后遥遥地招了招手，那狐狸才转过身，迅速跑掉，彻底消失不见了。

后来，小信的病实在太厉害了，在重症监护室，没有上手术台，就……

怎么告诉妻子这个消息呢？

当时，小信的爸爸既悲伤又担心，他担心妻子的身体和精神都承受不了这样的打击。

想到那么乖那么懂事的小信从此……小信的爸爸，忍不住当着医生的面，流下眼泪。他让医生配合他对妻子撒了谎，说小信手术成功，在重病监护室康复治疗中，可是这个谎言是很快就要揭穿的，小信的爸爸想，如果他的小信能突然活过来多好啊！

那是一个下午吧，小信的爸爸感到自己越发无助绝望的时刻，在医院栅栏门外的小树林里，徘徊着，思索着，他狠狠地抽着烟卷，实在想不出任何好的办法，他却意外看到了小信，他揉了揉眼睛以为是幻觉。

“小信……”

他柔声的呼唤。细看那不过是与自己女儿长得极其相像的一个女孩罢了。可是，他忍不住激动起来。

“你叫我。”

那个孩子说话了。

“啊，不，我在叫我女儿，我把你当成我女儿了。你们长得实在太像了。”

“你女儿？哦，她也叫小信么，我也叫小信呀。”

“这么巧，真太巧了，真好！”小信爸爸的内心倏地闪过一丝光亮，“那你爸妈……”

“我走丢了，我和我爸妈走丢了。”说到这里，这个也叫小信的女孩要哭了。

“别难过孩子，你暂时愿不愿意……”

小信爸爸此时一下激动起来，看着这个楚楚可怜的孩子，他也真心疼起来，说话也有点口吃了，他像抓着了一根救命稻草。好不容易他才把话说完整——

“你愿意暂时做我的孩子吗？我们帮你慢慢寻找自己的父母。”

“那……好……吧。”

这个也叫小信的孩子满怀着感激之情点了点头。

“不过，你要配合我……”

小信的爸爸声音低沉的叙述起自己女儿的事情，说妻子还不知道自己女儿去世的事，他想叫这个也叫小信的女孩先冒充自己的女儿，这个也叫小信的女孩，完全被眼前这个不幸的父亲深深地打动了，她表示很愿意临时充当他们的女儿，于是，他就讲了很多关于女儿的事，然后，恳求医院帮助他一起骗过小信妈妈。

就这样这个也叫小信的女孩，来到以前那个小信的家，只是小信记不得以前的很多事情了，爸爸总是打圆场说，孩子做手术时用过麻药，记忆出现暂时的减退是正常的，但是小信爱好也似乎改了一些，以前的小信喜欢蓝色，现在的小信却似乎更喜欢粉色。又是爸爸打圆场，说喜欢什么颜色不可能一成不变，主要是跟心情有关吧，现在小信既活泼又开朗，穿上粉色小裙子，像一个可爱的小公主，妈妈看见这些，心里面荡漾着甜蜜，再也不纠结于小信为什么不喜欢蓝色了这个问题。他们一家三口生活得非常幸福，一直以为，这样的日子会永远继续着，自己也会逐渐长大，像一个真正的人类女孩，好好谈一场恋爱，然后出嫁，会生一个人类的宝宝。甚至忘记了，自己曾是狐狸的过去。自己真已经是他们未死去的女儿小信。

连爸爸几乎也这么以为了。

怎么又会料到，自己突然会恢复狐狸的原形呢？

泪水从狐狸的眼睛里小溪一样的流淌。

爸妈一定很伤心吧，尤其是妈妈，她可以一直把自己当作她的小信啊！爸爸虽然知道自己不是小信，却也不一定想到自己是狐狸啊。

妈妈一定被吓着了吧。

想到在地板上散落的栗子，狐狸的心也就七零八落起来。妈妈知道了真相会多么伤心，想到这个，不争气的眼泪就像断了线的珠子。而心也一下一下疼起来。

伤心的狐狸，流泪的狐狸，更加不能变成小信的样子了。

好像那些魔法再也不能从身上奏效。

问题出在哪里也不能想明白。

直到有一天，她碰见另一只上了年纪的狐狸，她才晓得，被揭穿身份的狐狸，要想再变回以前那个模样，除非被当场看见她的人原谅她，她才有可能变回那时的样子…… “这怎么可能呢，妈妈都快吓死的面容，她再也不想看见我了吧。”狐狸悲伤地摇了摇头。

其实，做一只狐狸也没什么不好。只是，仍然挥不掉那一年零八天的生活记忆，仍记着被人当作女儿时的宠溺之情，有爸妈的感觉真好啊，有人疼的感觉真好，只可惜自己从生下来记事起就是一个四处流浪的狐狸。

狐狸仍然生活在医院外的小树林里，天气越来越冷，森林里的落叶厚厚的，走在上面，发出窸窸窣窣的声音。整天待在树林里，虽然自由，却免不了孤独，尤其是夜晚，总感到阴森可怕，那只上了年纪的老狐狸有时会出现在这里，给她变一些魔法，不过，她却总不开心。这样一天一天打发着时光，记忆却永远停留在有爸爸妈妈疼爱的生活中，一晃就是几年的时光了，几年来，每到秋季，天气转凉的时刻，小狐狸就嗅到炒栗子的香气，一种思念在心底就不能遏止的蔓延起来。

“唉！真是一个傻孩子哟！”老狐狸远远看见它的背影，就忍不住感叹。

直到有一天，叫小信的狐狸在小树林里听到了呼喊。

“小信——小信——”

依稀是爸爸的声音，小狐狸一阵激动，随之有神情黯然。为自己变不成小信的样子感到悲痛。

“小信——小信——”

啊，是妈妈的声音，小信多么想立刻扑进妈妈的怀抱。享受她怀抱中的温暖，可是它现在是一只狐狸呀，想到曾把妈妈吓晕的情景，狐狸躲到一棵树后面。

“小信，我知道你是一只狐狸了，你出来吧，即使是一只狐狸，我们也爱你。”

“什么……妈妈说，是只狐狸也爱我……妈妈真的这么说。”

狐狸的眼里闪着泪光，它又试了试。一下就变成小信的样子。她从树的后面腼腆得出来。爸爸妈妈扑过来。一起抱住她。

“小信！”妈妈哭着说，“洗澡时我看到你腿上受到的伤痕，就怀疑过，后来，你跑掉了，我想念你时整理你的衣物，发现了以前给你包扎伤口的手绢。我什么都明白了，谢谢你小信，你还愿意跟我们一起吗，哪怕是你变成狐狸的样子，也跟我们一起好吗？”

小信狠劲地点着头，这一回，跟在爸爸妈妈身后，踩着树林里的落叶，慢慢地向家走去，夕阳的余晖在树里洒下薄薄一层曼妙的光辉……

一张报纸去旅行

◎ 渭　北

一

老奶奶居住在茶香镇草鞋巷的老房子里。

自从老爷爷过世后，就剩下孤独的老奶奶一个人过活呢。孩子们都长大了，扑棱棱仿佛离巢的燕子飞远了。

老奶奶更老了，老得哪里也去不了。佝偻着问号一样的背脊，只能拄着拐杖，夕阳下巷口徘徊，拖着瘦长的影子，直到星星满天。老奶奶一年中最盼望的就是下雪啦或者暑假。只要腊月刚刚开始，老奶奶就忙活着准备孩子们喜欢吃的东西，等待团圆的日子；蝉声嘹亮的夏天，才刚刚拉开序幕，老奶奶就拄着拐杖站在巷口期盼小孙子的到来呢。

冬去春来。

燕子来了又去，院子里的夹竹桃开了又谢。老屋子更老了，垒巢的燕子年年准时叫醒沉睡的挂着冰胡须的老屋。

天晴的时候，老奶奶喜欢戴着老花镜儿，坐在暖暖的阳光里做针线。虽然没有要缝补的衣裳，但是老奶奶闲不住，没事可做真是闷了。

燕子们屋梁上叽叽喳喳，一会儿停在远处的电线上，一会儿掠过屋顶去觅食。老奶奶仰望着鸟巢里嫩黄的张得大大的嘴巴儿，目光温暖，仿佛陷入幸福的回忆里。

日子就像老奶奶手里的针脚不知不觉地过去了。每天，老奶奶不做针线的时候，就是挎着竹篮去早市买菜，回来就是翻翻老爷爷过去积攒的报纸打发时间。

老爷爷在的时候喜欢读报纸，泡一壶茶就坐在院子里，读到有趣或者生气的事情就跟老奶奶念叨念叨。

哎，老奶奶翻着旧旧的报纸，就想起老爷爷了，不由得伤心起来。这些旧报纸一沓沓码得齐整，每年冬天，老奶奶生炉子的时候，老爷爷就会把报纸卷成一个喇叭形状的筒子，对着炉子里的蜂窝煤球吹啊吹啊，不一会儿就吹出蓝莹莹的火焰来。望着老爷爷煤烟熏黑的大花脸，老奶奶笑弯了腰。当然，这些报纸老奶奶还可以剪成不同大小的鞋样，夹进书本里准备给一家人做鞋。

是啊，老爷爷走了，老爷爷走的时候也是春天，燕子来的时候，可是老爷爷没看到燕子们回家。

燕子们好像看懂了老奶奶的心事，都变得安静起来，呆呆地站在院子里的晾衣绳上。

二

不知什么时候，知了猴的金哨吹响了。院子里的石榴花乐得欢欢喜喜。

老奶奶这几天，去巷口的时间更多了。因为要不了几天，小孙子就要来过暑假啦。这可是老奶奶最幸福的事情，老奶奶忙碌起来，晒晒被子呀，打扫屋子呀，像过年一样。

小孙子又长高了，去年用粉笔在门框上画的线，早都冒出一截儿。老奶奶望着虎头虎脑的小孙子心里乐开了花。

小孙子一到镇子就像脱缰的野马儿，跟邻居的孩子们撒欢地玩耍。摸鱼、粘知了、掏鸟窝……没几天都晒黑了。

哈哈，简直像个黑人哩。老奶奶笑着说。

暑假眼看过了一半，每天在儿子电话的催促下，小孙子写啊写啊，写起作业来了。小孙子知道，要是不按时完成暑假作业，爸爸明年可不允许自己再回老家过暑假呢。

这一天，小孙子写作业累了。

突然看见奶奶桌子上堆的旧报纸。

嘿嘿，来折纸吧！小孙子说着就拿出一张报纸。

折什么呢？抓耳挠腮，还是折飞机吧，手工课上刚学过的哦。

老木桌子上的这叠旧报纸，老老的，泛起茶色，有些残破，边角卷起来了。报纸家族里，就这样一天天待在一起，无聊极了。

“哈，瞧瞧这都是些没用的报纸啦！”桌子上的热水瓶子时常冷嘲热讽。

“对啊，再不收拾，桌子老兄的半张脸都快遮完啦！”茶缸也叉着腰说。

“可不是啊，这些都是过时的新闻呢。谁还看呀。”一旁的杯子说。

……

每当旧报纸们听到桌子上这些邻居们的议论，伤心极了。他们当初可都是老爷爷喜欢读的，他们大多是晚报的副刊，什么旅游，什么美食，什么美文……老爷爷一张张抚摸着他们时，他们感觉心里暖暖的。

报纸们知道，对于一张旧报纸的命运来说，他们已经不可能再有什么作用了，只能慢慢老去……最可怕的是那些夜里出来活动的老鼠，他们时常会欺负他们，还咬得他们哇哇大叫。当然，报纸的哭声，没有人听见。

但是，报纸里有一张彩版的，虽然泛起黄色，但看起来还是新的样子。他叫小彩，他喜欢读家族里的所有的文字。

直到有一天，他从报纸里读到了关于外面的世界，他就感觉那些文字变成了他无形的翅膀，只要有梦想，就可以去外面世界闯荡。

三

这一天，机会终于来啦。

小孙子顺手拿起的报纸刚好是小彩。因为他是彩色的，纸张比别的报纸好些，看起来更适合折纸。

不一会儿，小孙子就折出一架彩色的飞机。

“轰隆——轰隆——”小孙子举起纸飞机，高兴地在屋子跑来跑去，他喊着老奶奶，就撒腿跑向院子。

这时候，小彩感觉自己有了变化，当他在小孙子的手上折来折去的时候，他感觉自己有了另一种生命，而不再是一张普通的纸张。哦，对了，一架飞机的生命，他此刻就是一架飞机呀。

谁说我们旧报纸没用呢。小彩心里赌气地说。

当小彩瞬间从小孙子的手上，魔术师般变成一架飞机时，老木桌子上的器皿都惊呆了。老报纸家族的所有成员都羡慕起来。

“飞呀——飞呀——轰——”小孙子在院子里跑啊跑啊，手上的纸飞机，飞起又落下。小彩作为一张报纸，这一刻，当他在风中飞行，他第一次感觉到了飞的感觉如此奇妙，他变得轻盈，就像院子里的红蜻蜓一样。

飞啊——

嗖的一声，飞机飞过院墙，顺着风向街巷飞去……

“嗨，该写作业呢……再不听话……”这时候，小孙子刚要去捡飞出去的纸飞机，被老奶奶叫住了，只能乖乖地再回到屋子里写作业。

四

起风了。

变成飞机的小彩，在风里没有目的地飞翔着……

当他飞过院墙的时候，他回头看见了老奶奶和小孙子，还有屋子里的报纸家族。

“再见啦！我要到外面看看！”小彩在心里说。

飞着飞着，风停了。

小彩只好落在街巷旁的垃圾箱边。

“哼，又是一个没用的废纸喽……”蹲在一旁墨绿色的垃圾箱不屑地撇撇嘴巴说。

这时候，一只流浪狗吐着舌头，跑过来嗅了嗅小彩，又跑远了。

“我还可以用呢……”小彩大声地冲一旁的垃圾箱说。

可是没有人捡起他。

这时候，从巷子口走来一个哼着歌的粉刷匠。

粉刷匠刚好经过巷子，他扛着粉刷工具，提着水桶，要去对面的巷子粉刷。

“嗨，报纸呀，刚好给我折个帽子。”粉刷匠眼前一亮，他捡起了有点皱的小彩。他叫小强，干活总喜欢哼着熟悉欢乐的《粉刷歌》。

小彩感觉身体又有了变化，他在小强大大的满是涂料的手上，瞬间又变成了一顶彩色的帽子。

小强戴起帽子，欢快地哼起歌，朝巷子的另一头走去。

小彩呢，这时感觉自己就像以前读到过的圣诞老人故事里，圣诞老人的帽子一样，随着小强一路走来。他们路过热闹的商店，面包房，花园，斑马线条……

小彩一路走，一路看，别提有多高兴了。

一个上午，因为有了小彩的这顶又遮阳又防护的帽子，小强的粉刷工作很顺利，没过多久，一面墙壁就被粉刷得像雪一样洁白。

哎，可是小彩呢，他的身上落满了斑斑点点的涂料，有一点儿痒。

太阳明晃晃地烤着镇子，知了猴烦躁地吹起金哨。

粉刷匠的粉刷工作结束后，坐在一边的椅子上休息，打起盹儿来，不一会儿就进入了梦乡。他头顶上的帽子掉在地上。

这时候，小彩感觉困倦极了，身上还有一股涂料的味道。

不知什么时候，又起风了。

五

小彩醒来的时候，发现自己躺在街道边的花园旁。太阳还是火辣辣地照着，晃得他睁不开眼睛，他出了一点汗。

还没等他回过神来，一双大手把他捡起扔进垃圾车里。

哦，这是一位环卫工人，他负责这片地段的卫生。

他骑着三轮车，一路打扫，扫完一段道路就又蹬起车子离开。

这时候，小彩被随意丢在车厢里，还好，垃圾不算多。小彩跟其他饮料瓶子，废纸，果皮……挤在一起。

小彩失落极了。他听车里的可乐瓶子说，他们要被运往废品收购站……

我可不想……小彩紧张极了，我不想变成纸浆，我还要去更远的地方旅行。

车里小彩奋力挣扎着，他推开瓶子，来到最上面，他只有找机会离开。

环卫工人一路奋力蹬车，经过好多街道。在一个转弯的时候，车子晃了一下，小纸就顺利地晃出了车子。

就这样，小彩跟随风流浪，他一会儿搭乘一辆大卡车，一会儿又贴在大巴车的玻璃上飞。小彩一路上，还遇见了电影院的海报。

海报们贴在墙上，热情地向小彩打招呼。

海报们邀请小彩观看影院里好看的动漫，但是小彩可没时间停下来呢。

他告别海报，又借着风，继续飞。不知道飞了多久，小彩来到了河边。

一个姑娘坐在河边柳树下的长椅上，望着远方发呆。小彩顺着风，飞到了姑娘的脚下。姑娘捡起了小彩，她把小彩折成了一只小纸船。

姑娘还在小彩的身上写下了几句悄悄话。

“载着我满满的思念，漂到远方吧！”姑娘把纸船轻轻放进河里，小彩知道，姑娘恋爱了，她在纸船上还写下了那个恋人的名字，小彩读着姑娘写下的思念，这一刻他觉得心里很甜蜜。

远方有多远呢？

星星亮了。月亮升起来了。

小彩突然想起了草鞋巷的老奶奶小孙子，还有旧报纸家族。但这一刻，作为一只小纸船的小彩，他更是激动，觉得有一股力量推着他，远方的声音在召唤着他，向远方驶去……

小彩的旅行又开始了……

第六辑
外星人来我家

飞碟悬浮在客厅的中央，它的形状和我们平时从书和影视里看到的一样：像两只倒扣在一起的草帽，表面平坦柔和。“草帽檐”的上方，有一排圆形的小窗户。其中一扇小窗户有一只蓝色的小球一动一动，事后我才知道那是一只眼睛……外星人的眼睛，他正从飞碟的小舷窗里观察我们呢！

残缺城里逃走的面包树

◎ 胡　莹

一、奇怪的残缺城

只有左耳的聂晓玲正在寝室里全神贯注地洗电脑键盘，她发现新出厂的产品竟然缺 5 个按钮。独眼的凌姗姗正在配制皮肤美白药水，可她带回的药品全都不合格，只有右腿的马瑞站在寝室楼下正在思考要不要把凌姗姗喊下来，因为他有重要的事情要说。

每个人都有残疾是不是很奇怪？因为这就是传说中的残缺城，所有的人和事物都不完整，听老人们介绍，2150 年地球发生了一场战争，外星生物用声波控制了整个地球，他们让大家失去了记忆，然后愤恨地把一切事物都变得残缺不全，奇怪的是，没有一个人死在外星生物的手里，大家清醒之后完全忘记了当时发生的事情，只有一个人知道当时的状况，那就是现在残缺城的主席，据他讲，当时的外星生物只是为了复仇，而为什么与地球结下仇恨，谁也不清楚。也许这是一个永远也解不开的谜。这都是过去的事情了，现在的残缺城，大家早已习惯了残缺的生活。

聂晓玲、凌姗姗、马瑞都是残缺城重点学校的高才生。刚才马瑞在宿舍楼下徘徊，看他焦急的神色，好像确实有很重要的事情。“拔丝地瓜！拔丝地瓜！你下来一趟，我有事儿找你！”马瑞扯开嗓门大声地叫嚷着，只见凌姗姗把头探出窗户，满脸怒气地吼道：“你再敢给我起外号我就把你左腿也弄没了！”马瑞吐了一下舌头，扬着脸傻笑，他知道凌姗姗最受不了他那奇丑无比却又天真无邪的笑容，果然，没过两分钟，凌姗姗就到了宿舍楼下。

“说吧，什么事儿？”

“我发现了残缺城的秘密，想让你和我一起去看一看。”马瑞表情严肃，让凌姗姗有些紧张，他知道马瑞从来都不骗人。

“好吧，那需要我做什么？”

“半夜的时候到学校办公楼后的树林里，记得一定要来噢。”马瑞说完转身走了，弄得凌姗姗一头雾水，但她还是决定半夜去找马瑞，她想知道，这秘密到底是什么。

二、发现面包树

残缺城里夜色凝重，月亮总是藏在云朵后面不出来。凌姗姗穿上隐形衣快步穿梭于教学楼之间，很快就到了树林，马瑞果然在那，凌姗姗迫不及待地问马瑞到底什么事情这么神神秘秘的。

“我知道怎样可以治愈残缺城里的残缺疾病。”马瑞的眼睛里露出异常兴奋的光芒。

“这怎么可能？”凌姗姗根本不相信马瑞说的话。

“真的，只要你陪我到学校的生物实验室走一趟。但我们要进最底下的一层。”

“你简直疯了，那可是学校明令禁止进入的，如果违反校规会被开除的！”凌姗姗可不想冒险，虽然她爸爸是公安厅厅长。

正在他们犹豫该怎么办时，突然听到有轻微的沙沙声，马瑞和凌姗姗屏住呼吸谁都不说话了，他们观察了一下，同时穿上了隐形衣。那声音越来越近，甚至快要听到呼吸声了。凌姗姗心脏都快跳出来了，她正要放现形烟雾时，突然听到两声惨叫。

“怎么是你？”凌姗姗有些吃惊，原来马瑞和聂晓玲撞到了一起。聂晓玲比较惨，趴在地上弄得满嘴的烂树叶和泥巴，她起身拍拍身上的尘土，瞪着他俩说：“你们的对话我听到了，我是跟着凌姗姗跑出来的。我带你们去实验室吧，我知道暗道。”

凌姗姗和马瑞有些莫名其妙，还没来得及想就被聂晓玲拉着去了教学楼的东南角，在一个假山后面，果然用一堆烂树叶虚掩着一扇石头门。三个人蹑手蹑脚地推门走了进去，只觉得两侧都是冰冷又潮湿的石头墙，前面只有一点点光亮，脚下有水流动的声音，凌姗姗抓着马瑞的胳膊一个劲儿地发抖。

进入到内室格局完全是翻天覆地的变化，绝对的现代化设计，聂晓玲边走边说，这实验室是她爸爸设计的，她偷看过图纸并破译了密码。原来是这样，怪不得聂晓玲最近总是闷在寝室上网，而且每天都在用水洗键盘，原来是在进行破译工作。

三个人顺利地穿过7道密码门，只剩下最后一道，聂晓玲看了看，皱起眉头说：“图纸上明明只有7道门的，怎么会多出一道呢？”马瑞凑到跟前，仔细观察起来：“这里没有输入密码的小键盘，如果我猜得不错的话，这道门应该设置的是语音密码，可是这难度太大了，谁知道设计者会输入什么语音指令啊？”

“躲开，我试试。”凌姗姗把马瑞推到了一边，张嘴便喊：“芝麻开门！”

门没有反应。

“我的地盘我做主！”

门还没有反应。

“麻辣鸡丝！拔丝地瓜！糖醋里脊！水煮大虾！……”凌姗姗疯了似的说了一连串的词儿，门仍然没有反应，倒是聂晓玲，瞪大眼睛看着她，最后评价了一句：“怪不得胖得像猪，就知道吃。”

“放屁！”凌姗姗气愤极了，她最讨厌别人说她胖。可奇怪的是，眼前的防盗门吱呀呀地开了。大家全都表现出五体投地的表情，没想到这门的暗语竟然是这两个字。

三个人兴奋地进入实验室最里层，可呈现在他们眼前的却是一棵树，上面挂满了各式各样的面包，有麻辣汉堡、香辣鸡翅汉堡、奶油面包、咖啡面包、猪头面包、猫眼面包，天啊，眼睛都花了，各种见过的没见过的面包结得满树都是。这棵树用巨大的玻璃罩封着，地上摆放着一个小标签，上面有几行字，但他们不认识，聂晓玲看了看说：“中间一根棍儿，旁边很多刺儿，加上圈和点儿，根本不像字儿。”

凌姗姗敲了一下聂晓玲的脑袋：“这个时候还编顺口溜，你可真有心情开玩笑！”

“等等，我知道这是什么字了，根据聂晓玲的描述我想起爸爸说过，这样的字应该是中国古代的满文字，很少会有人认得。”马瑞看出了其中的门道，他爸爸就是残缺城里的主席。

“看来，这就是面包树，可以拯救残缺城的宝贝。”马瑞看着眼前的面包树，竟然流起了口水。凌姗姗和聂晓玲都很迷惑，马瑞这才想起来，他一直没有解释为什么要到这里来，于是，他打开了话匣子："这个秘密，是我爸养的宠物告诉我的，两条一直盘旋在我家楼顶的蟒蛇……"

三、密室被擒

那两条蟒蛇一直盘踞在主席家里有一百年了，主席很喜欢，他把那两条有百米长却缺少牙齿的大蟒蛇就放在自己的卧室里，不允许任何人随便出入，连马瑞也很少进去，没有人知道蟒蛇会说话，但就在马瑞有一次偷偷进去找玩具枪时，他怕蟒蛇攻击他，就随便扔给他们两块奶油蛋挞，谁知道，蟒蛇竟然说话了，而且还告诉他一个惊人的秘密。

一百年前的那场战争地球损失惨重，外星人在离开时留下了这棵面包树，说是可以拯救残缺的一切事物，只要吃了树上的面包，不但可以恢复以前的记忆，还可以变回原来完整的样子，但它却只有一棵，所以政府一直都没有向外透漏过这方面的消息，怕引起大家的恐慌。如果人们真的争夺起面包树，那残缺城将会大乱，蟒蛇就是在校长与主席谈话的时候偷听到的，原来校长是个重量级的人物。

马瑞讲述了理由，凌姗姗和聂晓玲都很吃惊，原来，真的有拯救残缺城的物品，政府为什么不研发这个项目呢？可蟒蛇的话到底是不是真的也没有人知道啊？真是让人不能理解，聂晓玲想带回面包树，想都没想就去砸玻璃罩。

"小心有机关！"马瑞伸手去抓聂晓玲，可是已经晚了，报警器的声音马上响了起来，密码门开始关闭，聂晓玲背起马瑞拽着凌姗姗迅速向外逃窜，速度简直可以和历史英雄刘翔相比。可糟糕的是，凌姗姗太沉了，马瑞又趴在了聂晓玲身上，两侧还有大大小小的箭向他们射来，无数条电子扫描线不停地晃动，眼看就要坚持不住了，突然马瑞大叫一声:“快从天花板逃出去!”说时迟那时快,三个人同时从腰间发射出泡泡糖黏合蛋把他们拽离地面,稳稳地固定在天花板上,凌姗姗用无坚不摧刀把天花板划出一个漂亮的圆,三个人费力地爬到了实验室的顶端,顺着排气眼终于从学校后院的一棵烂苹果树下爬了出来,三个人同时松了一口气,可再看他们的衣服,全都撕扯得不成样子了。

第二天整个学校都轰动了,实验室被盗成了头条新闻,校长下令全校搜查,一定要查出事发当晚谁擅自离开过自己的岗位,每个学生都被叫去盘问,但结果一无所获,三天后,这场风波似乎平息了,马瑞、聂晓玲和凌姗姗紧绷着的心也放松了下来。

三个人又悄悄聚到一起,好奇心驱使他们决定再次潜入实验室,一定要把面包树偷出来。当晚三人顺利进入实验室,可面包树却不见了。难道政府这么快就把面包树转移了?马瑞监视了三天,根本没有东西运出。难道面包树自己会逃跑吗?三个人你看看我,我看看你,谁都想不明白到底发生了什么事情,正当他们转身时,缺鼻子的校长和头上从不长毛的主席突然出现在他们面前,跟在他们身后的,还有一大堆没有嘴巴的士兵。

“把他们抓起来!”主席下达了命令。

“爸爸!为什么抓我们!”马瑞拼命地挣脱着,“难道你喜欢看着自己的儿子永远只有一条腿吗?你就忍心看着地球人永远残缺着活下去?”

“儿子,你错了,我不是地球人,你也不是。”

“什么?你说什么?”马瑞简直不敢相信自己的耳朵。

聂晓玲和凌姗姗用异样的眼光看着他。

“这怎么可能,到底是怎么回事?”

主席没有解释,命令士兵把马瑞三人带到了另外一个密室。

四、马瑞三人变成了白痴

马瑞三人感觉他们被车拉着走了很远，后来上了电梯，好像是来到了很高的楼层上面，当他们被拿掉眼睛上的黑布时，校长和主席就站在他们面前。

马瑞恶狠狠地看着爸爸，一句话都不说，他观察四周，好像这里的环境有点熟悉。是校长先打破了这种沉寂的气氛："孩子们，既然你们发现了面包树，那我只好告诉你们真相。面包树你们不能吃，因为它根本不是治疗残缺疾病的药物，它只是一种储存记忆的新产品。"

校长把捆在他们身上的绳子解了下来："你们三个都坐下吧，现在这个时候，我必须告诉你们，其实，其实你们都不是地球人。"

"什么？这怎么可能？"三个人异口同声地发出疑问。

"还是让我来说吧。"主席掐掉了手中的烟，忧郁地摸了摸自己的光头，转过身面对他们："校长说的全都是事实，我们确实不是地球人，我们就是当年袭击地球的地球人所谓的外星生物。一百年前，为了扩张自己星球的势力，我们的人不顾星球联合条约的规定，擅自发动战争，想要占领地球人生存的环境，因为那里，是宇宙中最美丽的地方，我们，勒比斯星球的高智能生物，想要霸占那里成为自己的地盘，可是我们低估了地球人的能力，他们很团结，虽然死伤惨重，但最终还是打败了我们。我就是那场战役的指挥官，我们的人都成了俘虏，但令我惊讶的是，地球人竟然没有杀死我们，他们用星球法律来结束了一切，于是，我们接受了判决。勒比斯星球被注入残缺病毒，大脑被清除记忆，是在地球人的请求下，我们的记忆才被存储在面包树里，200年以后如果我们的文明发展到可以不用暴力来解决问题，那面包树才可以被释放，不然，我们的记忆将永远被删除，整个星球就会恢复到原始状态，从此不再有文明，所以，你们不能拿走面包树，你们不能成为历史的罪人。”

主席说完，深情地看着马瑞，校长也带着无奈的表情走到了密室外面，聂晓玲似乎知道要发生什么事情，轻声地问：“主席，是不是我们知道了秘密，要接受惩罚。”

主席眼含着泪水说：“我可爱的孩子们，不是惩罚，是牺牲，为了和平，为了大家的安宁，为了这个秘密能够继续保守下去，我只好牺牲你们。”

“你要对我们做什么？”马瑞咬着嘴唇。

“第一种方式，消除你们大脑中所有的记忆，但在强磁波的影响下，你们有可能变成白痴。第二种方式是暂时把你们送到地球去，直到可以使用面包树的那天，你们才可以回来，校长会把你们送到地球去，因为他是地球上的外交官，为了和平，他宁愿割去自己心爱的鼻子，成为残缺城的公民。这两条路，你们选一个吧。”维卡诺主席终于忍不住掉泪了，毕竟他有可能从此再也听不到马瑞亲切地喊他爸爸。

三个人全傻了，原来整个星球只有校长是地球人，他们明白了，为了维护星球联合条约，校长是被地球派来保护面包树的，马瑞想，也许正是地球人的宽容才让父亲放弃了暴力扩张的念头，要不然，他完全可以卷土重来。

三个孩子交流了一下眼神，凌姗姗和聂晓玲都用心灵传导器传递了自己的想法，他们默不作声，起身走出了密室，马瑞知道，他们把时间单独留给了他和父亲。

“爸爸，我们决定选择第一种方式，我们不想离开亲人的身边，为了星球的和平，我们甘愿做白痴，都是我不听话，爸爸，以后你要自己照顾自己了，可能我们以后也不能回到卡泰中学学习了，爸爸，求您一件事，把我们的记忆也存在面包树里吧，我相信美好的一天离我们不远了。”马瑞第一次抱着父亲，他想，这也许是最后一次感受这种爱了，泪水，无声的泪水，洒满密室。

三天以后，面包树上多了三个可爱的面包，而幼儿园里多了三个曾经失踪三天的可爱的大孩子。

一张老桌子

◎ 芷 涵

就这样四脚八叉躺在草地上有多久了呢？老桌子也记不清了。他太旧了，旧得看不出木头的颜色了，那一天被狗熊兄弟扯着腿扔出来落在草地上，他就晕了，是被摔晕的。不，确切地说是因为伤心过度才晕过去的。

在晕过去的那段时间里都发生了什么，他不知道。他只记得自己被一只狐狸推醒了。

他睁开眼，望着这个明亮的世界。

风轻轻地吹着，纤细的草儿每弯一次腰，软软的身子便会碰到桌子上，桌子想笑。他可是一张有痒痒肉的桌子，可他不能笑，他怕吓到狐狸，只能紧闭着嘴憋着。

狐狸围着他转，不知道这个庞然大物是什么。

他猜测，这应该是一张床，搬回家的话，兄弟姐妹们都可以爬到上面睡觉，多好啊！嗯，这是一个不错的主意，狐狸试了几下，发现以他一个的力量根本搬不动老桌子，便风一样地向家中跑去。不一会儿，他的后面就跟来了一群狐狸：三个弟弟，两个妹妹，一个哥哥，一个姐姐。

他们每两个抬着桌子的一条腿，嗨哟嗨哟喊着口号向家中走去。

在狐狸们眼里这张床真够大，在上面铺上软软的稻草后，正好容得下他们八个。从小长这么大，大家还是第一次在一张床上睡觉呢，弟弟妹妹们开心得不得了，不停地在床上翻跟头，闹到很晚才入睡。

呼噜呼噜，狐狸们的鼾声真响呀，他们又梦到什么开心的事了呢？几个小弟弟一边笑，一边踢蹬起小腿。他们的力气太大了，只听见“扑通通”的几声响，狐狸妹妹从高高的床上掉了下去。

“嗷！”他们的尖叫声把大家都吵醒了。

“我的屁股，摔成了八瓣！”

“我的腿折了！”

“我的胳膊断了！”

“呜——”

平静的夜晚响起哭声一片。受伤的狐狸很快被送到了医院。

这是一张晦气的床，狐狸们连拉带拽把老桌子又扔到草地上。

老桌子同今天的天气一样阴着。他委屈极了，抽了好几次嘴巴想哭，又不知哭给谁听。

一阵急风刮来，酝酿了一上午的乌云，终于在晌午时分，从天空泼下倾盆大雨。

这雨来得太猛，草地上两只静坐的小兔子，被淋得如落汤鸡一般。

“快，到这个雨亭中来！”一只眼尖的小兔四处张望了一眼，一下发现了老桌子。

雨亭？很好听呀！老桌子对这个名字产生了兴趣。

两只小兔子呢，坐在老桌子下面，满心欢喜，他们又开始畅想美好的未来。

当一个雨亭也不错哟，老桌子真想一辈子就这样下去。

可一切还是不如意，过了十分钟，还是二十分钟呢，大雨停了。

两只兔子对着老桌子说了声谢谢，闪电般地没了踪影。

老桌子的雨亭梦破碎了。他闭上眼，想眯一会儿，太阳却从云屋里钻出来，照得他睁开了眼。

草地上的水珠真亮呀，老桌子有点开心了，他还看到不远处的树林里，一群猴子调皮地在树枝上窜来跳去，把身上弄得湿漉漉的。

他们在玩什么游戏呢？

一只白脸猴子追着另一只红脸猴，他们从树上跳到树下，又从树下蹿到树上，眼看着白脸猴子就要捉到红脸猴子了，红脸猴子突然一个转身，逃出了森林。

白脸猴子当然不会罢休，他们嗖嗖嗖几下就来到了老桌子身边。

咦，这是什么？

两只猴子被老桌子吸引住了，他俩同时跃到桌子上，在上面比比画画，还大声喊叫，一下就把森林里所有猴子都引来了。

噢——

噢——

噢——

猴子们一个挨着一个跳到桌子上，再从桌子上往下跳。就这样玩了一会儿，似乎还不尽兴，大家伙又把老桌子抬到森林里。

不知是哪只猴子出的鬼主意，他们用藤条把老桌子的四条腿拴上，扯到四棵树杈上。老桌子成了他们的秋千。

悠啊，悠啊，悠啊，悠啊！

老桌子飞得真高，桌子上的小猴子挥舞着手臂嗷嗷大叫！

“我也要玩！我也要玩！”

跳到老桌子上的猴子越来越多：四只、五只、七只，就在第八只刚跳上老桌子时，藤条再也承受不住那么大的压力，嘣的一声断了。老桌子重重地掉在地上，猴子们也从老桌子身上跌到草地上。

他们太狼狈了，有的大头朝下，栽到泥坑里。有的嘴里咬着一把草，还有的压在另一个的身子上。

“不好玩！不好玩！”猴子们龇牙咧嘴地叫唤了一通，一哄而散，谁也不理老桌子了。

“真疼呀！”躺在地上的老桌子直到这时，才感觉自己要散架了。他猜测桌面一定摔出了裂纹。

“我肯定活不了多久了。”老桌子难过极了。

此时，他最希望的，就是有个人能把他放到一个角落里，安静地度过晚年。

他有多大岁数了呢？老桌子并不记得。他只知道最初是狗熊的爷爷制作出了他。到笨熊的爸妈那个年代他就不太吃香了，等到两头小笨熊出生后，他就更不招人待见了。吃饭时两头笨熊确实把他当成一张桌子，不吃饭时，他就成玩具。他俩时常一屁股坐在他上面，把他压得咯吱咯吱直响，好几次他都支撑不住，险些散了架。

直到那一天，狗熊家搬来一张新桌子后，老桌子被扔了出来。

“让我睡一觉吧，谁也别来打扰我。”老桌子心里一阵阵地疼。他对自己的将来不抱任何幻想，更不想再回忆逝去的往事。

他闭上眼睛，不再理睬这个世界。

他不跟一只路过的兔子说话，身上爬满蚂蚁也无动于衷。蜘蛛在他身上织多少张网，都不在乎。

秋去冬来，天空飘起雪花。老桌子打了个寒战。广阔的天空下，他突然变得那么显眼。这样显眼的他，一大早就被捡了一大捆柴的山羊发现了。

此时的山羊累得呼呼喘着粗气，从山上走到这里，他歇了二十次。许多次他都想卸下一部分柴，减轻点负担。每次都舍不得。那可是他转了一大早一根一根拾来的，家里正等着他的柴取暖呢。

好累啊，山羊嘀咕着。

这张老桌子或许可以帮他的忙，山羊围着老桌子转了一圈，一拍脑门有了办法。他迅速将柴火放到躺着的老桌子身上，又将腰间的绳子解下来，拴在老桌子的两条腿上面。

哈，冬天里，这就是一个雪橇了。山羊望着老桌子，美滋滋地笑了。

他拽起绳子使足力气向家中走去。

他一边拉雪橇一边唱歌：我有一只小雪橇，雪橇真是棒。每天早上，爬到山顶再也不用把柴抱。我好喜欢小雪橇，雪橇真是棒，从此以后，爷爷、奶奶、叔叔、姑姑的柴就都解决了。

小山羊的歌唱得真好听，老桌子陶醉在其中，他忘记了自己的年龄，忘记了天气的寒冷，忘记了曾经的痛苦，忘记了一切不愉快的事，心间只有一暖幸福的暖流在流淌，在流淌……

吃橡皮的龙多多

◎ 郝天晓

1

教室里每天都有人丢橡皮，只有我知道那些橡皮都去哪了，也只有我知道龙多多的秘密，因为我是他同桌，他的一举一动都逃不过我的眼睛。

龙多多每天都会吃掉一块橡皮，一小口一小口地咬下来，美美地嚼一嚼，美美地咽下去。

我曾经猜想他是不是中了什么魔咒，只有橡皮才能让他保持人形，再或者他中了什么奇特的毒，得了什么奇怪的病？最后我实在猜不下去了，就直接去问龙多多。

“你为什么要吃橡皮？”

龙多多非常认真地告诉我：“因为我要变笨。”

我很惊讶地问他：“为什么你要变笨？”

“因为我要变笨。”

这个答案让我怀疑他已经开始变笨了。

“为什么吃橡皮会让人变笨，而不是吃格尺，吃铅笔？”我继续问。

“因为我知道。”

这个答案让我坚定他绝对是已经开始变笨了。

之后的日子里，依旧有人在丢橡皮，而龙多多也依旧每天坚持吃橡皮。老师说过“凡事贵在持久”，所以我很佩服他的毅力。就像龙多多希望的那样，他一天比一天笨。他的考试成绩不仅每况愈下，到最后他竟然笨得连我的名字都叫不上，连自己的鞋带都不会系了。

我告诉大家，龙多多是因为吃了橡皮才变笨的，但是没有人相信我的话。甚至老师还凶巴巴地批评我，龙多多已经很可怜了，不应该再拿他取乐。

再后来，龙多多每天便只记得一件事，偷别人的橡皮，然后再把那块橡皮吃掉。等他笨得把这件事也忘掉之后，便只会倒在课桌上流口水了。

2

本来龙多多变笨只是他自己的事情，可是现在却影响到了我，因为我和他是一张桌，所以值日的时候自然就是一个组。

我抹桌子的时候，他就趴在桌子流口水；我扫地的时候，他还在流口水；我擦黑板的时候，他依旧在流口水。为什么所有的活都是我在干，你却在那里无忧无虑地流口水？我越想越气，随手就把黑板擦扔了过去。

我本来是想扔在他身上的，反正他已经变笨了，即使我拿他撒气他也不会告诉老师。可没想到，龙多多却突然变换了一个姿势，黑板擦不仅没打中他，反而在桌角弹了一下后飞出了窗外。

我的黑板擦啊！我飞身就向窗外扑去，当然那只是一个假动作，我又没有吃橡皮，不可能笨得为了一个黑板擦就从四楼的窗户跳出去。我只是觉得在那个时候有必要做这样一个紧张惊险的动作，来表明我有多么在乎班级财产。

可没想到，让人意想不到的事情发生了，龙多多突然从座位上跳起来，在我的身体"飞"出窗外的一刹那，拉住了我的胳膊——那场面特像电视剧里常有的那种俗得都快掉渣的桥段，女主角掉下悬崖的一刹那，男主角突然从天而降拉住了她，两个人旋转，旋转，再旋转，从此过上了幸福的生活。

"你傻不傻呀！为了一个黑板擦往窗外跳。"龙多多流利的语言把我一下子从幻想拉到了现实。

"你恢复正常了？"我坚定一个笨得只会流口水的龙多多不可能做出刚才的动作，说出刚才那一番话。

龙多多狠狠地瞪了我一眼："我的计划全被你给搅乱了。幸亏现在教室里没别人。我告诉你哦！千万别给我说出去。"

我冷笑一声："除非你告诉我真相，否则……"

在龙多多脸色大变的那一刻，我觉得自己邪恶无比。

3

在我的威逼之下，龙多多终于说出了真相：他说他是遥远的TX37号行星上的王子。他的星球发生了暴动，为了躲避叛党的追杀他逃到了地球。本来他变成地球人的模样隐藏在这所学校是非常安全的，但是最近叛党却得到消息知道了他的行踪，所以他要在叛党来学校之前把自己变笨,这样叛党就无法在众多学生中找到他了。

在知道真相之前,我只有一个疑问,但是在知道真相之后我却是有一肚子疑问。

“你明明是在装笨,为什么还要一直吃橡皮?”

“你们外星人都是喜欢吃橡皮的吗?”

“你的爸爸妈妈呢?”

“你有尾巴吗?”

“你会飞吗?”

可是对于我的问题,龙多多却一个都不回答。

我只好说:“你只要回答我一个问题就行了,为什么你要选择逃避一切,而不是勇敢地去战斗,打败叛党,夺回你的星球。”

这个问题竟然把龙多多的眼眶问红了,好半天他才回答道:“也许是因为我不够勇敢吧……希望你能帮我保密,我很害怕被叛党抓走……”

还从没有一个男孩敢承认自己不勇敢,我想这件事本身是不是就是一件勇敢的事呢?

4

之后,龙多多又变成了一个只会趴桌子流口水的男孩,我没有和任何人说过他的秘密,不过我很担心,如果叛党找过来,假装变笨的龙多多真的可以蒙混过关吗?

让我担心的那一天很快就到了,我去办公室送作业本的时候,看到一个长头发的阿姨和班主任说话。

就听那个阿姨说:“龙多多变笨了,怎么可能呀?”

我心里一惊,仔细看了看那个阿姨,她身后没有尾巴,头上没有犄角，眼睛是黑色的，嘴唇是红色的，无论从哪个角度看她都是一个完完全全的地球人，而且是个很漂亮的地球人。但我还是认定她就是叛党变的，因为龙多多不也把自己变得很完美吗？

班主任和那个阿姨解释道：“从这个学期开始，不知道为什么他就变得越来越笨。”

那个阿姨坚定地说：“那我也要把他带走。”

不好！龙多多一定是暴露了。

我急忙跑回去把龙多多拉出了教室。

“不好了，龙多多，叛党来了。”

“什么叛党？”龙多多竟然还在装笨。

“TX37号行星上的叛党啊！我看到她了，她变成了一个漂亮的阿姨，她已经认出了你，要把你带走呢！”

龙多多听了竟然非常害怕：“我不走，我不走。”

“如果逃不掉，那就勇敢地去战斗吧！亮出你的翅膀，甩出你的尾巴，如果需要武器，我就把老师的教鞭拿出来给你。”为了给龙多多鼓舞斗志，我使劲地拍了拍他的肩膀。

龙多多似乎被我的情绪感染了，竟然也伸手拍了拍我的肩膀。

“您要有点心理准备，他现在笨得连话都说不清了。”班主任竟然陪着那个叛党向这边走过来。

“你等我，我去给你拿武器。”我急急忙忙地向教室跑去。

可是当我拿着教鞭再返回来的时候，却被眼前的一幕惊呆了。那位漂亮阿姨泪流满面地搂着龙多多。

“多多，无论你变得多么笨，妈妈都要你。”

5

什么？妈妈？我的大脑凌乱了。而接下来龙多多的话则让我的状态从凌乱彻底变成了崩溃。

“妈妈，我都是装的，我想如果我变得很笨很笨，也许你就不会带走我了……”

班主任轻声抱怨道：“你这孩子，怎么想出这么一个馊主意。你妈妈想带你出国，不是想给你一个更好的生活环境吗！”

龙多多摇摇头：“我不该装笨的，我早就应该勇敢地告诉您，我不想出国，我只想和爸爸、奶奶在一起。”

TX37号行星的叛党——不对，是龙多多的妈妈，含着眼泪走了。后来我才知道，龙多多小时候父母离异，一直跟着爸爸和奶奶生活。他妈妈现在有了一个出国生活的机会，想把他带走，他不想去又不敢说，所以便开始装笨。所以说到底，最笨的人应该是我，竟然相信什么TX37号行星，相信什么王子，相信什么叛乱……

龙多多把一个冰激凌递给我：“别生气了，尝尝我们TX37号行星的特产——橡皮味的冰激凌。”

我抢过冰激凌，把它想象成龙多多，恶狠狠地吃起来。

龙多多问：“我不是外星王子，没有翅膀和尾巴，你是不是很失望？”

我没理他，继续恶狠狠地吃着冰激凌。

“可是……我依然很勇敢是不是？”

我把冰激凌含在了嘴里，但没有咬它。

“谢谢你！”龙多多的眼睛闪亮亮的，“是你教会了我勇敢。”

那一刻，我突然觉得整个冰激凌都融化在了我的嘴里。

没有像故事里讲的那样，战胜了一切困难之后，主人公们便从此过上了幸福快乐的生活。没过多久，因为要去和生活在另一个城市里的爸爸妈妈相聚，我转学了。

临行的时候，龙多多送了我一袋橡皮糖。我这才知道，他偷吃的只是这些糖而已，至于班级里丢的那些橡皮和他一点关系都没有，是我自己非要把两件事情联系在一起，仔细回忆一下谁没丢过几块橡皮呢！

“其实我是来自 TX38 号行星，等我找到我丢失的翅膀，我就飞过去找你！”这是他趴在我耳边说的最后一句话。

这一次我还是选择相信了他，因为对于一个找回勇敢的男孩来讲，没什么是做不到的。而我也会期待的那一天，一个扇动着翅膀的男孩突然降落在我面前，阳光照得他的眼睛闪闪发亮……

伊凡的夏天

◎ 何君华

如果不是亲身经历,无论如何我也不会相信,这个夏天我会在外婆家的后山上碰见一只恐龙。

说来你也不信吧,因为小学课本上明明写着,世界上所有的恐龙早在几千万年以前就灭绝了。如果你也这样认为的话,那就听我慢慢跟你讲吧。

1

我有好长时间没去外婆家了。有多久呢,一年?还是两年?我不记得了,但这个暑假我将在外婆家里度过。爸爸被他所在的大学派去国外做一项地质学研究,而妈妈也接到了暂时不能告诉任何人的新任务。本来他们说好要带我去迪士尼的,眼下我却只能在外婆家度过一整个夏天。大人说话从来都不算数。

外婆家在格尔丽山南麓,除了一只从来不抓老鼠的花猫外,外婆家还有一头刚满一岁的黄牛。我不期然的到来使外婆感到惊喜不已,仿佛我的到来是最令她感到开心的事情，她每天唯一感到忧心忡忡的事情便是该在晚饭时做出些什么新花样来招待我。

外婆每天都不厌其烦地变换手艺，我的小肚子也不得不为此变得越来越溜圆，我怎好意思就这样白吃白喝呢？于是自告奋勇要帮外婆放牧那只小黄牛。而且像模像样地给它起了名字——小黄。

我就是在格尔丽山上放牧小黄的时候碰到那只恐龙的。

小黄看起来个子不大，脾气却不小。我以为放牧它不过是小事一桩，没想到却并不容易。小黄可能是天底下最淘气最不安生的小牛了，总也不肯待在一个地方吃草。这家伙就像受了某种神秘的召唤似的，甩着长尾巴不断向格尔丽山深处走去。我只好牵着牛绳屁颠屁颠地跟在它后面，一会儿气急败坏地用篾条抽打它圆滚滚的屁股，一会使劲猛拽牛绳，可小黄仍是不听话，近旁鲜嫩的青草刚吃几口就又甩起尾巴向远处跑去。我一赌气，索性扔了牛绳，任它自己到处疯跑。

就在我跟小黄反复较劲时，我突然听见身后有个声音说道："你的牛今天看起来很不听话呀。"

"岂止是今天不听话，天天都不听话！"我没好气地回答道，回头一看，发现跟我说话的竟然是一只恐龙。

这只恐龙实在太小了，比我们想象中的恐龙要小太多，如果不是平时我对恐龙还算有些研究的话，我几乎要将它认成一只体格稍大的巨蜥。

"你是一只恐龙吗？"我惊讶地问它。

"是。你们人类的确是这样称呼我的。"那只恐龙回答说。

"那你怎么称呼自己呢？"我问道。

"龙。"恐龙回答说。

"从你的体形看，你应该是只食草龙吧？"我有些担心地问道。

“我是只食草龙，但你前半句说错了，因为食草还是食肉，并不是按体形分的。有的龙虽然体形很小，但也是食肉的。”恐龙说。

我放下心来，小心翼翼地说：“我们人类的教科书上说，你们早在几千万年以前就……灭绝了。”

“的确如此，我可能是世界上最后一条龙了。”恐龙说。

“那么，你是怎么生活到现在的？”我好奇地问。

“比起这个问题，我想你更应该关心你的牛。”恐龙淡定地说。

我一扭头才发现，小黄早就跑没影儿了。我连忙坐起身跑去找小黄，又转头对恐龙说：“我们还能再见面吗？”

“当然。明天这个时间再来这儿找我吧。”恐龙说着又补充了一句，“不过你要替我保密，格尔丽山上生活着一条龙——这件事只能你一个人知道。”

“当然，我一定保密。”说着我扭头加紧步伐去追小黄。

2

小黄真是太倔了，我和外婆打着手电筒找遍了整座格尔丽山才把它找到。

将小黄牵回牛栏时，已是夜里八点。可我一丝困倦也没有，事实上一整个晚上我都难以入眠。我在想，白天发生的事情是真的吗？我在格尔丽山上碰见了一只恐龙，这是真的吗？

第二天，我照例牵着小黄上了格尔丽山。我迫不及待地等待着约定时间的到来，我安顿好小黄，风一样赶到约定地点，那只小个子恐龙当真站在那里等我。

昨天的一切都是真的，格尔丽山上真的住着一只恐龙！

“你好。”恐龙见我走过来，主动跟我打招呼。

“你好。”我向恐龙挥挥手。

“我还不知道你叫什么名字呢。”恐龙说。

“我叫伊凡，你可以叫我小凡。”我说，“你也有名字吗？”

“我当然也有名字。我叫阿茹娜。”恐龙说。

天哪，你相信吗？一只恐龙的名字居然叫“阿茹娜”！

“怎么，不好听吗？”阿茹娜见我的表情如此讶异，慢悠悠地问道。

“那倒不是，我只是觉得，这个世界上应该不会有人相信一只恐龙的名字叫阿茹娜。我是说，我们人类把你们的名字都起得很凶猛，像是暴龙、剑龙、霸王龙、迅猛龙什么的，总之，听起来就让人觉得怪恐怖。”

“人类总是这样充满偏见吗？”阿茹娜问我。

我想了想，想不出该如何反驳，于是点点头。

“对了，你昨天不是问我是怎么生存下来的吗？我现在就告诉你。事实上，我能活到今天的确很艰难，因为适合我吃的植物越来越少，确切来说，到今天只剩下一种，一种蕨类，我叫它阿茨蕨，而且数量很少，我几乎走遍了整个地球，发现只有这座山上还有最后一片，所以我就在这里定居下来。”

“那是一种什么样的植物？你能带去我去看看吗？”我问。

阿茹娜将我带到一片浅绿色的蕨类面前，那是一种生长在石头缝里的小草，我从未见过这种小草。

“就是这种植物吗？”我问阿茹娜。

“是。这些年来，环境污染，水土流失，生态失衡，阿茨蕨越来越少了。好在我老了，很多时候都没什么胃口，吃一顿就能维持几天的体能。”阿茹娜说。

“整个地球都只剩下这一小片……阿茨蕨了吗？”我难过地问阿茹娜。

阿茹娜低了头，并不回答我。

许久，阿茹娜又自顾自打破沉默：“人类算是重蹈我们龙族的覆辙吧。我们曾经是无可争辩的至高统治者，肆意践踏着地球上的一切，可换来的是什么呢？是我们这个显赫一时的家族无可挽回的灭绝。现在，人类接管了地球，但也在做着我们过去做过的那些事……”

我不知道该如何安慰阿茹娜，只好陪它静静地坐在一起。

“整个龙族只剩下了你，你也会孤独吧？”我问阿茹娜。

“会，但很多时候我并没有时间孤独——我需要到处去找吃的，还要防止猎人们的攻击，我曾经被一个猎人追击了整整一天一夜，就像我们家族中曾经的那群食肉的家伙们追击小动物一样，说起来是不是有些可笑？”阿茹娜自嘲道。

3

一场不期而至的大雨将我浇了个透，我在镇子里的诊所里待了三天三夜。三天三夜里我迷迷糊糊，但我并不关心我的病情，我只关心阿茹娜现在怎样。

好在我的烧终于退了，外婆终于再次允许我牵着小黄上山。我迫不及待地跑去找阿茹娜。

阿茹娜并没有等在那里。

我慌了神，跑向阿茹娜带我去看过的那片阿茨蕨。

阿茨蕨也不见了，整片小山都不见了。

大雨造成了山体滑坡，镇上趁机将这里规划成了一片工业园区，巨大的有着长长手臂的挖掘机正在每日每夜地挖着。

我不知道阿茹娜去到了哪里，是不是奇迹般地找到了一两片尚未被人类污染的阿茨蕨。是的，我再也没见过阿茹娜。但我想我不会忘记，这个夏天我在格尔丽山碰见了一只恐龙，它告诉了我一只恐龙的命运，以及我们人类的命运。

4

“伊凡，快起来吃早饭，一会我们准备去姥姥家。”恍惚中我听见妈妈在喊我。

“咱们不是去迪士尼吗？”我在被窝里说。

“不去了，妈妈有任务，你得在外婆家待一个暑假。”妈妈在门外说。

外星人来我家

◎ 杨 鹏

外星人需要一百万个孩子的爱才能回到他久违的故乡星球。为了帮助他,我们全家陷入了苦思冥想之中……

一

“我要看动画片!”

“动画片有什么好看的,看新闻联播吧!”

“今晚的足球赛是中国队对韩国队,千万不能错过!”

“还是《教你美容》既好看,又实用。”

……

每天吃完晚饭,我们这个四口之家就要为看哪个电视节目争论不休。每回争论,至少半个小时。这天晚上,我、爸爸、妈妈、妹妹的争论又开始了。唉,真是没办法!

就在我们的争论进入白热化的时候,突然“咔嚓”一声脆响,电视屏幕上的画面缩成了一个白色的亮点,屋里的灯全灭了,黑暗围了上来。

全城停电。

（造成这次停电事故的原因至今不明，可能与飞碟的到来有关。）

“唉……”

我们全家异口同声地叹了口气。我的足球、妹妹的动画片、爸爸的新闻联播、妈妈的《教你美容》，全看不成了。虽然黑暗中我们彼此谁都看不见谁，但我可以想象出大家泄气的样子……全像瘪了的足球。

窗外星光灿烂。外面的建筑物全都黑了灯瞎了火，起立在黑暗中，像一个个高大魁梧的巨人。

“哇，快看哪！”

妹妹突然尖叫起来（女孩子嘛就爱大惊小怪），把我们都吓了一大跳。我往窗外一瞅，嘿，一个银亮的、圆盘子似的玩意儿，正“嗖嗖”地旋转着，拖着一条雪白的、彗星似的尾巴，飞快地自西往东而来。它经过的地方，留下一道细细的银弧，就像谁用钢笔在黑色的天幕上画下了一道银色的线。

“UFO！”

“飞碟！”

“不明飞行物！”

……

我们全家惊呼起来。只有在科幻小说和童话里才能看到的事情，竟然变成了现实，真是棒极了！

更棒的是那架婀娜多姿、仪态万千的飞碟，笔直地冲我们家飞来，它无比轻盈地越过窗台，进入了客厅里。它浑身散发出来的银色、柔和的冷光照得满屋子的家具、电器、日常用具闪闪发光。

我们全家的嘴巴都圆成了字母“O”形。

二

飞碟悬浮在客厅的中央，它的形状和我们平时从书和影视里看到的一样：像两只倒扣在一起的草帽，表面平坦柔和。“草帽檐”的上方，有一排圆形的小窗户。其中一扇小窗户有一只蓝色的小球一动一动，事后我才知道那是一只眼睛……外星人的眼睛，他正从飞碟的小舷窗里观察我们呢！

“出来吧，外星朋友，我们欢迎你！”

爸爸爸激动得嘴唇上两撇小胡子一颤一颤。我们的心也提到了嗓子眼上。

那只眼睛观察了我们足足有三分钟。当他确信外面的世界是安全的，外面的人也是友好的时候，那两只扣着的“草帽”才徐徐分了开来，一只下沉到地上，一只上浮到天花板。在两只“草帽”之间，悬浮着一只绿色的怪物。它外形很像大海里的水母，主要躯干呈三角形，表面布满了难看的皱纹。他的中央是一只宝石蓝的眼睛，眼睛下方有两只黑洞洞的小孔，喷着白气，大概是鼻子。小孔下面的嘴巴似乎总噘着，不停地蠕动，发出“呜噜呜噜”的声音。在躯干下面，是三只乌贼似的触角，它们紧紧地抱握着一颗晶莹剔透，然而却暗淡无光的水晶球，定定地悬浮在半空中。他给人的感觉不是一个初来乍到的客人，而是一个俯视芸芸众生的君主。

“你……你好！”半晌，爸爸才讷讷地代表全家发言。

“你们好！”怪物的声音婉转得像夜莺。

“他会说地球话！”我吃惊得不得了。后来我们才知道怪物本来对地球话一窍不通，因为他从未光顾过地球。他是在到我们家的短短几分钟里，通过接收我们大脑的脑电波，才学会了地球话的……外星人太厉害了，是不是？

“你是谁？从哪里来？要到哪里去？”妈妈当过话剧演员，一不小心，莎士比亚戏剧《哈姆雷特》里的几句台词从嘴里溜了出来。

“我叫兰姆，从阿拉星球来。途经地球时飞船（飞碟）的能源不够了，不得不迫降到贵星球上……多有打扰，请多包涵。”

三

爸爸向全家宣布了一项纪律：严格保密。不能让外界知道我们家来了外星人这个秘密。

爸爸是个科幻作家，在他的作品里，外星人曾无数次光临地球。那些外星人形形色色，但不管是三只眼的外星人还是牛头马面的外星人，只要一到地球，必定要遇到这样一些麻烦：记者的骚扰、科学家的解剖、超级大国首脑企图将外星人占为己有，用于战争等等。爸爸编的故事可谓前车之鉴，我们可不想让兰姆陷入麻烦的旋涡里。因此我们“拉钩上吊”，同意了爸爸的提议。

“好了，现在我们问一问兰姆，看看能够帮他做些什么。”爸爸说道。

“我……我想回家，可是，‘爱之球’的能源不够了……”兰姆难过地说。他那只蓝色的眼睛垂了下去，似乎还凝着一颗欲落未落的晶莹泪滴。

“爱之球？”爸爸问。他知道地球上有“艾滋病”，却不知道什么叫“爱之球”。

“就是贮藏能量的机器，喏，就是这个。”兰姆用触角将水晶球举了起来。

“你是说飞碟没有能源了，对吗？”爸爸说，“这好办，虽然地球人总是浪费能源，但地球上的能源供你那只小飞碟回家，恐怕没问题。飞碟用什么能源？原子能、太阳能、电能还是水能、风能？”

“不，都不是，”兰姆摇摇头，“阿拉星上的人们早就不使用你说的物质能源了。通过原子核反应堆、火力发电、水力发电产生的能源不仅太少，而且破坏生态平衡，污染环境。在阿拉星上，人们使用的是精神能源……”

“精神能源？”爸爸吃惊了。他虽然博学，却没听过这个词。

“就是地球人说的‘爱’。真正的爱，能量是巨大的。在阿拉星球上，人与人之间消除了隔阂，消灭了谎言和欺骗，消灭了尔虞我诈、言不守信……没有战争，甚至连争吵都没有。人与人之间相亲相爱。爱使我们星球上的机器转动、汽车行走、飞船在宇宙间往来如梭……”外星人喋喋不休地说。

“爱的能量真这么大吗？”爸爸目瞪口呆，接着又饶有兴趣地问，“你们是怎么将爱的能量汲取出来的呢？”

“就是用它……‘爱之球’，”兰姆举起水晶球说道，“阿拉星球人将自己的爱（夫妻之爱、亲人之爱、友爱……）源源不断地贮存进星球的能量库里，谁要使用能源，就用‘爱之球’从能量库中汲取。临行前，我用‘爱之球’汲取了十万基比（阿拉星上的计量单位）的爱，相当于地球上一百万孩子的爱。我满以为用这些爱足够在银河系里转一圈，没想到刚到地球就用完了……”

兰姆长长地叹息了一声。他无比轻盈地飘到了窗户边，仰望繁星似尘的夜空。那苍茫的星海里，一定有一颗或明或暗的小星在召唤着飘零在外的游子。想家的兰姆，怎么才能获得地球上一百万孩子的爱，返回遥远的故乡阿拉星球呢？

四

为了帮助兰姆返回故乡，我们全家陷入了苦思冥想之中。

我让兰姆装成一个不会说话的大玩具，和妹妹轮流带到学校里。我们这样做，一方面防止别人知道兰姆是外星人，一方面又能让大家喜欢兰姆，奉献一片爱心。果然，大家一看见兰姆，就喜欢上了他。同学们争着跟兰姆玩，兰姆冲他们眨眼睛，他们以为兰姆是一个电动玩具，他体内的电池正在起作用，因此乐得前仰后合。女孩子们还给他戴花儿，涂口红……兰姆很快赢得了我们全校孩子的爱，不过我们全校的同学加起来才一千人，离一百万可是差远了。

爸爸将兰姆的故事写成科幻故事和童话，在杂志上发表。读过兰姆故事的孩子都很喜欢兰姆，为他哭为他笑。可惜现在的孩子都喜欢玩电子游戏，不爱看书。出版社、杂志社的书和杂志的发行量越来越小，只有几万个爱看书的孩子知道兰姆，离一百万还是差得很远。

时间一天一天过去，我们全家的努力收效甚微。兰姆那贮藏爱的水晶球虽然增加了一些亮色，但是依然暗淡。兰姆绝口不提回家的事，但我们都知道他心里一定很焦急。

为了兰姆，我们全家整天愁眉苦脸。兰姆竭力用它的超能力使我们大家高兴起来。比如说晚上看电视，只有一个电视屏幕，我们大家同时看，但爸爸看到的是新闻联播，妈妈看到的是《教你美容》，我看到的是紧张激烈的足球比赛，妹妹看到的是异彩纷呈的动画世界……

尽管这样，我们仍然高兴不起来。

有一天晚上，电视里放美国大导演斯皮尔伯格导演的科幻片《E · T》。当影片里出现E · T望着太空深情呼唤着“Home-Home”（回家，回家）的时候，兰姆顿时眼泪汪汪。我们全家都心如刀绞，妹妹甚至情不自禁地大哭起来。

哦，回家。外星人兰姆要回家。

五

叔叔的到来给我们全家带来了一线希望。

叔叔是个玩具商，他在南方有一家规模很大的公司，专门生产各种各样的玩具。他总是很忙，很少到我们家来。但每次来，他总能给我和妹妹带来令我们惊喜的玩具。

这次他给我带来了一个变形金刚，给妹妹带来了她盼望已久的芭比娃娃。他原以为我们见到他就会一蹦三尺高。但事实正好相反，我们全家都愁眉苦脸，唉声叹气。

“发生什么事了？怎么全跟苦瓜似的，一脸苦相。”叔叔十分不解。

叔叔是我们家里的人，关于外星人的事可以告诉他。

“弟弟，我告诉你一个秘密，你可千万不能外传哦！”爸爸神秘地说。

“怎么连我都信不过了？”叔叔有些生气。

于是爸爸将外星人的事儿一五一十地告诉了叔叔。

“外星人在哪里？让我见见它，没准我有办法。”叔叔十分自信地说。

他的话音刚落，兰姆就像一朵浮云似的飘了过来。叔叔看见了兰姆，顿时目瞪口呆，眼睛瞪得跟小灯泡似的，倍儿圆。

“他就是兰姆。”

爸爸说道。

“哦，天才的创意，棒呆了。”叔叔脸上呈现出如痴如醉的表情。

我们四人面面相觑：什么意思？

“外星人兰姆小姐，我跟你合个影，不介意吧？”叔叔说。

“很荣幸。”兰姆甜甜地答道。

叔叔让我给他和兰姆照了相。又“咔嚓咔嚓”给兰姆正面、侧面拍了七八张照片。然后，他拎起包，对我们说：“兰姆的事儿包在我身上了。我保证在圣诞节那天让一百万，不，让一千万以上的孩子对兰姆奉献一份爱心……我很忙，再见。”

叔叔匆匆忙忙告辞了。

叔叔葫芦里究竟装着什么药？

时间一天一天流逝，圣诞节一天一天接近。然而兰姆的“爱之球”依然如旧。

我们全家快绝望了。

圣诞节的前夜，外面纷纷扬扬地下起了大雪。外星人兰姆无精打采地靠在暖气管边上取暖。我也木然地往圣诞树上挂着花花绿绿的巧克力、小卡片……这个圣诞夜少了一样东西……节日的气氛。

“哥哥、爸爸、妈妈，快来看哪！”妹妹大声叫了起来。

我回头一看，天哪，放在屋子中央的“爱之球”，突然迸射出五颜六色的光芒，无比耀眼。

是什么让水晶球闪闪发光？

“是爱……十万基比……五十万基比……一百万基比……一千万基比……五千五百万基比……够了够了……”

兰姆激动得三只触角乱颤。水晶球灿烂得宛若一个五颜六色的太阳。

第二天，我们全家出门逛街。兰姆由妹妹抱着，一起在街上走。

“咦！”兰姆突然失声叫了起来。我们对面的一个小女孩，怀里抱着一个跟兰姆长得一模一样的绿色怪物。

“她怎么也抱了一个兰姆？”

妹妹惊讶地说。她的话音未落，又有几个孩子奔跑过来，他们的手中，也抱着一个又一个兰姆。

我们环顾四周，天哪，街上到处飘着兰姆的影子，几乎街上所有的孩子，怀中都抱着一个兰姆。孩子们搂着他、亲吻他、同他说话……喜爱之情，溢于言表。

我们全家说不出的惊讶。爸爸突然指着一家商店的招牌说：“看哪，商店里有卖兰姆的。”

我们定睛一看，呵，几乎每家商店的外面，都悬着这样一张招牌：“出售外星人玩具，每个10元。”

哦，原来那些孩子手中捧着的是根据外星人兰姆的模样做成的玩具！

精明的叔叔通过兰姆的照片，按照外星人兰姆的形象，做成了千千万万个惟妙惟肖的外星人玩具，赢得了千千万万孩子的爱心。

六

“再见……”

我们全家朝兰姆的飞碟使劲挥手。银亮的飞碟绕着我们的住宅楼依依不舍地飞了一圈，向我们全家告别。然后，它以越来越快的速度，飞向星空，化作一个雪白的亮点，融化在了茫茫星海中。

兰姆带着地球孩子的爱，返回了故乡星球。它每在宇宙间航行一点儿，就燃烧一份地球孩子的爱。

兰姆永远地离开了我们。一直到现在，除了我们全家，没有人知道外星人光临过我家的秘密。我也一直守口如瓶。终于，有一天我憋不住了，把这件事告诉了我的好朋友们，但没有一个人相信我。有的人听完我的故事，甚至用手摸我的额头，问我：

“没发烧吧？”

你说气人不气人？我只好将这件事如实记下来给你看。信不信由你。